光文社古典新訳文庫

# 消えた心臓／マグヌス伯爵

M・R・ジェイムズ

南條竹則訳

kobunsha classics



光文社

Title : GHOST STORIES OF AN ANTIQUARY
1904
Author : M.R.James

『消えた心臓／マグヌス伯爵』＊目次

# 消えた心臓／マグヌス伯爵

献辞

これらの物語を
さまざまな機会《おり》に
聴いてくれた人々に
捧げる

# 序

私は長い合間を置いてこれらの物語を書き、大部分は辛抱強い友人たちに、通常クリスマスの時季《じき》に読んで聞かせた。そうした友人の一人(1)が挿絵を描いてくれると言い出し、それなら出版を考えようということになった。友人は本書に載っている四枚の絵を完成したが、その後思いがけず急逝《きゅうせい》した。物語の大部分に挿絵がついていないのは、そのためである。くだんの画家を知る人は、私が彼の作品を、たとえわずかでも後に残る形にしたかったことをおわかりになってくれるだろうし、また彼を知らぬ人々も、大勢の友情を一身に集めていた人物をここに記念したことを良しとしてくれるだろう。

(1) 学友ジェイムズ・マクブライド(一八七四〜一九〇四)のこと。

物語そのものは、さして価値のあるものではない。もしもどれかの話を読んだ人が、夕暮れに寂しい道を歩む時や、夜中に消えかけた暖炉の火の前に坐っている時、愉快にして且《か》つ不安な気持ちになることがあったら、これらを書いた目的は達せられたと言えよう。

物語のうちの二つ――本書の最初の二篇――は、それぞれ「ナショナル・レヴュー」と「ペル・メル・マガジン」に掲載された。両誌の編集者が再録をお許しくださったことに感謝する。

M・R・ジェイムズ

ケンブリッジ大学キングズ学寮

一九〇四年万聖節の前夜

# 聖堂参事会員アルベリックの貼込帳《はりこみちょう》

サン・ベルトラン・ド・コマンジュ(1)はピレネー山脈の支脈にあるさびれた町で、トゥールーズからさして遠くはなく、バニェール＝ド＝リュションからはさらに近い。フランス革命まで司教管区だったところで、ここの大聖堂には観光客もそこそこ訪れる。一八八三年の春、一人の英国人がこの旧世界の片隅——都市などという大そうな名前を奉《たてまつ》るわけにはゆかない。住民は千人といないのだから——にやって来た。ケンブリッジ大学の人間で、サン・ベルトラン教会を観《み》るためにわざわざトゥールーズから赴いたのだった。同行の友人が二人いたが、考古学にさほど興味がないのでトゥールーズのホテルに残して行き、翌朝こちらで合流する約束をした。この二人は三十分も教会を見ればたくさんだろうから、そのあとで三人ともオーシュ(2)方面へ旅をつづければ良い。しかし、われらが英国人は当日朝早く来て、コマンジュの小さな丘の上に聳《そび》える素晴らしい教会を隅々まで見てまわり、手帳いっぱいに記録を書き込み、感光板を何ダースも使って写真を撮《と》るつもりだった。この計画をうまく実行するためには、教会の役僧に一日つきあってもらわなければならない。そこで、役僧ないし堂守（私は後《あと》の方の呼称を、不正確かもしれないが、好むものである）を、「赤い帽子《シャポー・ルージュ》」亭という宿屋の少しぞんざいな女将《おかみ》さんに呼んでもらったが、やって来た男を見ると、思いのほか興味深い相手だと英国人は思った。興味深い点は、小柄で枯れしなびた老人の風貌にあるのではなかった。フランスの教会の番人は大方《おおかた》そんなものだからである。むしろ老人の変にコソコソした、まるで何者かに追い詰められ、虐《いたぶ》られているような様子に興味を感じたのである。彼はたえず背後《うしろ》をチラチラとふり返り、背中と肩の筋肉がたえまなく神経質に収縮して、丸く盛り上がっているように見え、いつ何時《なんどき》敵がつかみかかって来るかしれない、とでも思っているようだった。妄想に取り憑《つ》かれた男なのか、罪悪感に苦しんでいるのか、それとも、耐え難いほど女房の尻に敷かれている亭主なのか、英国人には判断がつかなかった。いろいろ考え合わせれば、最後の考えが一番あたっていそうだったが、それでも、この男からは、

（1）フランス南西部オート・ガロンヌ県にある村。
（2）フランス南西部の町。ジェール県の県庁所在地。

がみがみ屋の女房よりももっと恐ろしい迫害者がいるような印象を受けた。

しかしながら、英国人(デニストンと呼ぶことにしよう)はやがて手帳と写真機に熱中して、堂守にはたまに一瞥《いちべつ》を与えるだけだった。男はいつ見てもあまり彼から離れず、身体を丸めて壁に背を押しつけているか、さもなければ豪華な聖職者席《ストール》の一つにうずくまっていた。しばらくすると、デニストンは少し苛々《いらいら》して来た。俺がいるために老人は昼飯《デジュネ》が食べられないのだろうか。俺はサン・ベルトランの象牙の司教杖を、(3)あるいは洗礼盤の上にかかっている、埃《ほこり》をかぶった剝製の鰐を持って行くとでも思われているのだろうか——そうした疑念が交々《こもごも》に湧き起こって、彼を苦しめはじめた。

「家に帰ったらどうだね?」デニストンはしまいに言った。「あとは一人で記録を取れる。なんなら鍵を掛けてもかまわないよ。少なくとも、もう二時間はここにいなきゃならんし、あんたには寒いんじゃないかね?」

「滅相《めっそう》もない!」と小男は言った。デニストンの提案がこの男を不可解な恐怖に突き落としたようだった。「そんなこと、もってのほかです。旦那様《ムッシュー》を教会に一人置いて行く? 駄目です、駄目です。二時間が三時間でも、私には同じことです。朝飯は食って来ましたし、寒くなんかありません。お気づかいは有難うございますが」

「よかろう、チビさん」デニストンは腹の中で思った。「警告はしたんだからな、どうなっても自分の責任だぞ」

二時間が過ぎる前に、聖職者席、ボロボロになった巨大なオルガン、ジャン・ド・モーレオン司教(4)がつくらせた聖歌隊席の仕切り、ガラスや綴《つづ》れ織《お》りの残り、そして宝物室の品物はみな丹念に調べ終わった。堂守は相変わらずデニストンについてまわり、時折、大きなガランとした建物を乱す妙な物音が聞こえると、蜂にでも刺されたように、ハッとふり返るのだった。たしかに、時々奇妙な音がしたのである。

「一度はね」とデニストンは私に言った。「塔の高いところで笑っている、かすれた金属的な声が聞こえたと思った。僕はすぐ堂守に、あれは何だという視線を向けた。堂守は唇まで真っ青《さお》になっていた。『あいつです――いや、つまり――誰でもありません。扉に鍵が掛けてありますから』彼が言ったのはそれだけで、僕らはたっぷり一

(3) ローマ・カトリックの司教の権能を象徴する杖で、聖公会では牧杖、東方正教会では権杖などと訳される。形は羊飼いの杖をモデルとしており、先端が渦巻状になっている。

(4) 生没年一四七七～一五五一。一五二三年から一五五一年までサン・ベルトラン・ド・コマンジュの司教を勤めた。

分間も見つめ合っていたよ」

もう一つの小さなことが、デニストンを大いに困惑させた。彼は祭壇のうしろに掛かっている大きな黒ずんだ絵を調べていた。聖《サン》ベルトランの奇蹟を描いた続き物の一枚だった。絵の構図はほとんど見分けがつかなかったが、下の方にこういうラテン語の説明書きがあった。

「Qualiter S. Bertrandus liberavit hominem quem diabolus diu volebat strangulare.」(悪魔久しく絞め殺さんとせし男を聖ベルトラン救ひ給《たま》ふの図)

デニストンは微笑《わら》いながら堂守の方をふり返って、何か冗談を言おうとしたが、相手を見て仰天した。老人は床に膝をつき、苦しみ訴える者の眼で絵をじっと見つめていたからである。両手をきつく組み合わせ、頰には涙がボロボロと流れていた。デニストンはもちろん何も気づかないふりをしたが、疑問は頭から消えなかった。「一体どうして、こんな拙《まず》い絵をこれほど有難がるんだろう?」堂守の妙な態度は一日中腑《ふ》に落ちなかったが、その謎を解く手がかりがここにあるようだと思った。この男は偏執狂にちがいない。しかし、どういう妄想に取り憑かれているんだろう？

もう五時に近かった。短い日は暮れかかり、教会は次第に影に満たされる一方、奇妙な物音が――朝からずっと気になっていたくぐもった足音と遠い話し声が――光が弱まり、その結果聴覚が鋭くなったせいであろう、前よりも頻繁《ひんぱん》に、はっきりと聞こえて来るようだった。

堂守は焦《じ》れてこちらを急《せ》かすような素振りを初めて見せはじめた。デニストンが写真機と手帳をようやくしまい込むと、ホッと安堵のため息をついて、塔の下にある西の戸口へ慌《あわただ》しく手招きした。お告げの鐘(5)を鳴らす時間だった。中々言うことを聞かない綱を二、三度引くと、塔の上にある大鐘ベルトランドが鳴りはじめ、揺《ゆ》り出されたその響きは松林の間を抜けて下の谷間へ伝わり、山の流れとともに声を上げて、寂しい山々の住人に呼びかけた。天使が〝女の中にて祝福せられし御方〟(6)と讃えた聖母への挨拶を思い出し、繰り返せと促すのだった。すると、この日初めて小さな町に深

---

(5)　カトリック教会で、キリスト受肉の秘蹟を思い出させるため、朝、正午、日没に鳴らす鐘。

い静けさが下りたように思われ、デニストンと堂守は教会の外へ出た。

二人は玄関の上がり段で、こんな話をした。

「旦那様《ムッシュー》は聖具室にある古い聖歌の本に御興味がおありのようでしたな」

「その通りだ。この町に図書館があるかどうか、訊こうと思ってたところさ」

「ございません、旦那様。もしかすると、以前は聖堂参事会の図書館があったかもしれませんが、今はこんな小さい町ですから――」彼はここで妙に口ごもったようだった。それから、思いきったように言葉を継《つ》いだ。「ですが、旦那様がもし古い書物《アマトゥール・デ・ヴィウー・リーブル》をお好きでしたら、御興味を惹《ひ》くかもしれないものが家《うち》にございます。ここから百ヤードと離れちゃおりません」

フランスの僻地《へきち》で貴重な写本を発見するという、デニストンが年来抱いていた夢がたちまちパッと燃え上がったが、次の瞬間には消え去った。老人がいうのはたぶん、一五八〇年頃にプランタン(7)が印刷したつまらないミサ典書だろう。トゥールーズからこんなに近い場所だ。蒐集家達がとっくの昔に荒らしていないはずがないではないか？　それでも、行かないのは愚かだろう。拒《こと》わったら、あとで死ぬまで後悔するだろうから。そこで、二人は歩き出した。道々、デニストンは堂守が最初奇妙に逡巡《しゅんじゅん》しながら、急に決心したことを思い出し、自分はことによると金持ちの英国人と間違えられて、どこか怪しげな場所へでも引っ張り込まれるのではないかと考え、気恥ずかしくなった。そこで、ことさらに案内人とおしゃべりを始め、いささか取ってつけたようなやり方で、明朝早く友達二人と合流する話を持ち出した。驚いたことに、堂守はそれを聞いたとたん、心にかかっていた不安から解放されたようだった。

「それは結構なことで」彼はじつに嬉しげに言った――「じつに結構なことでございますな。旦那様はお友達と御旅行なさる。お友達がいつもそばについていてくれるのですな。そんな風にお仲間と旅行するのは良いことです――時と場合によりまして

（6）聖母マリアのこと。「その頃《ころ》マリヤ立《た》ちて山里《やまざと》に急《いそ》ぎ往《ゆ》き、ユダの町《まち》にいたり、ザカリヤの家《いへ》に入《い》りてエリサベツに挨拶《あいさつ》せしに、エリサベツその挨拶《あいさつ》を聞《き》くや、児《こ》は胎内《たいない》にて躍《をど》れり。エリサベツ聖霊《せいれい》にて満《みた》され、聲高《こゑたか》らかに呼《よば》はりて言《い》ふ『をんなの中《うち》にて汝《なんぢ》は祝福《しくふく》せられ、その胎《たい》の實《み》もまた祝福せられたり。』」（「ルカ伝」第一章三九―四二節。聖書からの引用は、特に記さない限り、日本聖書協会の文語訳聖書による）

（7）クリストフ・プランタン（一五一四～一五八九）。フランスの印刷業者。アントワープやライデン、パリを活動拠点とし、ヨーロッパでも指折りの印刷業者となった。

は」

最後の一言はあとから思いついたらしく、気の毒な小男は、そう言い足すとまた鬱《ふさ》ぎ込んでしまった。

二人はまもなく家に着いた。そこは近隣の家よりもやや大きく、石造りで、扉の上に盾形の紋章が刻んであったが、デニストンによると、それはジャン・ド・モーレオン司教の傍系の子孫であるアルベリック・ド・モーレオンの盾形紋章だった。このアルベリックという人物は、一六八〇年から一七〇一年まで、コマンジュの聖堂参事会員をつとめた。邸《やしき》の二階の窓は板で囲ってあり、家全体が、コマンジュはどこもそうだが、老朽の様相を示していた。

入口の段に上がると、堂守はふと立ちどまって、言った。

「もしや——もしや、旦那様はやはり時間がおありにならないのではありませんか?」

「いや、そんなことはない——時間なら、たっぷりある——明日まで何もすることがないからね。君が持っているのはどんなものか、拝見しようじゃないか」

この時、扉が開《あ》いて、人が顔を出した。堂守よりずっと若いが、同じような痛ましい表情をした顔だった。ただ、その表情は自分の安全を気づかうよりも、べつの人間のことを深く案じているしるしのようだった。顔の主は明らかに堂守の娘で、今言ったような表情がなければ中々の美人だった。彼女は父親が体格の良い見知らぬ人間を連れて来たのを見ると、いささか朗らかになった。父娘《おやこ》は二言三言言葉を交わしたが、デニストンに聞き取れたのは、堂守のこの言葉だけだった。「あいつ、教会で笑っておった」――娘はそれに恐怖の表情で答えるだけだった。

しかし、一分もすると、一同はこの家の居間にいた。小さいが天井は高く、床に石《いし》畳《だたみ》を敷いた部屋で、薪《たきぎ》の焔が大きな暖炉に揺らめき、動く影をあたりに投じていた。一方の壁に、天井にとどかんばかりの背の高い十字架像(8)があるため、やや礼拝堂めいた雰囲気が漂っていた。キリスト像は天然色に塗られており、十字架は黒かった。その下に時代物の頑丈な箪笥《たんす》があり、ランプが運ばれて椅子が整えられると、堂守はこの箪笥のところへ行って、そこから――だんだん興奮し、神経質になって来たなとデニストンは思った――一冊の大きな本を取り出した。本は白い布に包まれ、布には赤

(8)　ここにいうのはキリストが十字架に架けられている磔刑像《たっけいぞう》。

い糸で十字架が拙《つた》なく刺繍してあった。まだ包みを解《ほど》きもしないうちから、デニストンはその書物の大きさと形に興味をおぼえた。「ミサ典書にしては大きすぎる」と彼は思った。「それに交誦《こうしょう》集[9]の形じゃない。ことによると、やはり珍品かもしれないぞ」次の瞬間、本が開かれ、デニストンはとうとう珍品という以上の物にぶつかったのを感じた。彼の目の前にあったのは大きな二折り判の書物で、おそらく十七世紀末に装丁されたものと思われ、聖堂参事会員アルベリック・ド・モーレオンの紋章が金箔で押してあった。その本には紙のページが百五十ページもあったろうが、ほとんどすべてのページに、彩飾された写本の一ページが貼りつけてあった。デニストンはこれほどの蒐集品を夢想すらしたことがなかった。ここには紀元七百年以降のものではない、挿絵入りの「創世記」からの十ページがあった。その先には詩篇の挿絵の完全な揃《そろ》いがあり、それはイギリスで製作されたもので、十三世紀が生んだ最上の佳品の一つであった。そして、おそらく一番の値打ち物だが、ラテン語をアンシャル体[10]で書いたものが二十ページあり、ここかしこに見られる二、三の単語からすぐにわかったけれども、[11]教父が書いたごく古い未知の論述書に違いなかった。もしや、十二世紀までニームに存在していたことが知られているパピアス[12]の『主の言葉について』の断片ではあるまいか？*1 ともかく、彼の心は決まった。たとえ銀行から預金を全部引き出し、金が着くまでサン・ベルトランに滞在しなければならなくとも、この本をケンブリッジへ持って帰らねばならない。彼は面《おもて》を上げ、堂守の顔をチラと見た。本が売り物かどうかをその顔から探ろうとしたのだ。堂守は青ざめて、唇が顫《ふる》えていた。

「もし旦那様《ムッシュー》が最後まで御覧になるなら」と言った。

旦那様はそこでページをめくり、そのたびに新しい宝物に出会った。本の最後のところに二枚の紙が貼りつけてあったが、それは今までに見た何よりもずっと新しいも

*1 これらのページにくだんの著作のかなり大きな断片が——問題の写本そのものの断片ではないとしても——含まれていることが、現在わかっている。［以下、ジェイムズの原註は*で、訳註は（　）で表わす（訳者）。］

（9）聖歌の合唱を二つに分けて、交互に歌うことを交誦という。その聖歌を載せた書物のこと。

（10）四世紀から八世紀にかけてラテン語・ギリシア語の写本に使われた字体。

（11）南仏ガール県の都市。

（12）ヒエラポリスの司教を勤めたギリシア教父（六〇年頃〜一六三）。『主の言葉の注釈』五巻がある。

のなので、彼は首をひねった。その紙はけしからぬアルベリック参事会員――この男は疑いなくサン・ベルトランの聖堂参事会の図書館を略奪して、この貴重な貼込帳《はりこみちょう》をつくったのだ――と同時代のものにちがいない。一枚目の紙には入念に見取り図が描いてあり、現地を知る人間には、サン・ベルトラン教会の南の側廊と柱廊の図であることが一目でわかった。四隅《よすみ》に惑星記号[13]に似た風変わりなしるしと、ヘブライ語の単語が二、三記してあり、柱廊の北西の角に金色の絵具で十字の印がつけてあった。見取り図の下にラテン語が数行書きつけてあり、それはこういう文面だった。

「Responsa 12$^{mi}$ Dec. 1694. Interrogatum est: Inveniamne? Responsum est: Invenies. Fiamne dives? Fies. Vivamne invidendus? Vives. Moriarne in lecto meo? Ita.」(一六九四年十二月十二日の答。質問：我、発見すべしや？　答：発見すべし。我、富を得べしや？　得べし。人も羨む人生を送らんや？　送るべし。我が寝床にて死するや？　然《しか》あらむ。)

「これは、いかにも宝探しをする人間の記録だな――『聖《セント》ポール寺院』[14]に出て来る聖堂準参事会員クォーターメンを思い出させる」デニストンはそう評して、ページをめくった。

彼はよく私に言ったが、その時見たものの印象は、線画や絵にそんなものがあろうとは思えないほど、強烈な印象だった。彼が見た絵はもう存在しないけれども、写真があり（私が所持している）、それを見ると、彼の言うことに十分納得がゆく。問題の絵は十七世紀末に描かれたセピア色の線画で、一見聖書の情景らしいものを描いていた。というのは、建物（屋内の図だった）にも人物にも、二百年前の画家が聖書の挿絵に適切だと考えていた、半ばギリシア・ローマ的な趣があったからだ。右手には王が玉座に坐っており、玉座は十二段の階《きざはし》の上にあって、頭上に天蓋をいただき、

---

(13) 天文学・占星術で用いられた惑星をあらわす記号。
(14) ウィリアム・ハリソン・エインズワース（一八〇五〜一八八二）の歴史小説（一八四一年刊）。ロンドン大火と疫病流行の模様を描く。その第八章にワイヴィルという男と占星術師リリーの問答がある。同じ章に登場する聖堂準参事会員クォーターメンは、占星術によって寺院の地下に宝が隠されているのを探りあてたと言い、一同は宝探しに下りて行く。

両側に兵士達が控えている——明らかにソロモン王だ。命令を下すような態度で王《おう》笏《しゃく》を突き出し、身をのり出している。その顔は恐怖と嫌悪を表わしているが、そこにはまた傲慢な意志と自信に満ちた権力《ちから》のしるしもある。

ところが、絵の左半分は何とも奇妙だった。この絵の興味の中心は明らかにそこにあった。玉座の前の石畳に四人の兵士が集まり、うずくまったある怪物——その姿はじきに説明する——を取り囲んでいた。五人目の兵士が死んで石畳に横たわっているが、頸《くび》はねじれ、両眼がとび出している。取り囲む四人の衛兵は王を見ている。衛兵達の顔には恐怖の感情が強くあらわれている。実際、かれらは主人に絶対の信頼を寄せるが故に、かろうじて逃げ出さずにいるようだ。この恐怖を掻《か》き立てているのは、明らかに、真ん中にうずくまっている存在である。この怪物が見た者に与える印象を言葉で伝えることは、とても出来まいと思う。一度、この絵の写真を生物形態学の講師に見せた時のことを思い出す——その男は並外れた常識家で、想像力に乏しい性質《たち》だった。彼はその晩何があっても独りになろうとせず、あとで聞いた話によると、それから幾晩も、寝る前に明かりを消さなかったそうである。とはいえ、怪物の主な特徴くらいは指摘することが出来る。最初のうちは、粗くて黒いもじゃもじゃの髪の毛しか見えなかったが、やがて、それが恐ろしく痩せた身体をおおっているのがわかった。骸骨に近い身体だったが、筋肉が針金のように浮き上がっていた。両手は青黒く、身体と同様長く粗い毛におおわれ、ぞっとするような鉤爪がついている。眼は燃えるような黄色だが、黒々とした瞳を持ち、獣のような増悪をこめた眼差しで、玉座に坐る王を睨《にら》みつけている。南米にいるという、鳥を捕食する恐ろしい蜘蛛《くも》を人間の形に変えて、人間よりもわずかに劣る知能を与えてみよ。そうすれば、このおぞましい像が吹き込む恐怖をおぼろげに想像出来るだろう。私があの絵を見せた者は異口同音にこう言った。「これは実物を見て描いたんだ」

抗し難い恐怖の最初の衝撃がおさまるや否や、デニストンはこの家の父娘《おやこ》をチラと盗み見た。堂守は両手を目にあてていた。娘は壁の十字架を見上げて、夢中で数珠《じゅず》をつまぐりながら祈っていた。

ついに肝腎な質問がなされた。「この本は売り物ですか?」

前に気づいた通りの逡巡と決断があり、それから、嬉しい返事が返って来た。「もし旦那様《ムッシュー》がお望みなら」

「いかほど要《い》ります?」

「二百五十フランいただきとうございます」

とんでもない安値だった。蒐集家といえども時には良心の苛責《かしゃく》をおぼえるものだし、デニストンの良心は蒐集家のそれよりも繊細だった。

「いいですか、あなた！」彼は何度も言った。「この本の値打ちは二百五十フランなんてものじゃない。請け合います——もっとずっと値の張るものです」

しかし、返事は変わらなかった。「二百五十フランいただきます。それだけで結構です」

こんな機会を見逃す手はない。買い手は金を払い、売り手は受け取りに署名し、取引の成立を祝って乾杯すると、堂守はまるで別人のようになった。背筋をシャンと伸ばして立ち、不安そうに背後《うしろ》をチラチラ見るのをやめて、笑ったか、あるいは笑おうと試みた。デニストンは立ち上がって帰ろうとした。

「ホテルまでお伴《とも》をさせていただいても、よろしいですか？」と堂守は言った。

「いや、結構！　百ヤードも離れていないんだから。道は良く知っているし、月も出ていますからね」

堂守は同じことを三、四回申し出て、そのたびに拒わられた。

「それなら、旦那様、私を呼んでください、もし——もし御用がございましたら。道の真ん中を歩いてください。両端《りょうはし》が凸凹《でこぼこ》になっておりますから」

「わかりました、そうしますとも」とデニストンは言ったが、素晴らしい掘り出し物を一人でじっくりと見たくて、居ても立ってもいられなかった。彼は本を小脇に抱え、廊下に出た。

ここで娘に出会った。娘は少し自分の仕事をしたがっているようだった。おそらく、ゲハジ(15)のように、父親が見逃してやった外国人から「物を取らん」としているのだろう。

「頸にかける銀の十字架と鎖です。旦那様はきっと受け取ってくださるでしょう?」

本当のところ、デニストンはそんな物に用はなかった。お嬢さんは代わりに何が欲しいのですか、と訊いてみた。

(15)「列王紀」下・第五章に登場する預言者エリシヤの僕《しもべ》。エリシヤは無償でナアマンの病を癒《いや》してやったが、ゲハジはナアマンを追いかけて行って礼物をもらい、その代わり病にかかった。

「なんにも――なんにも要りません。旦那様《ムッシュー》にぜひ差し上げたいんです」

娘はほかにもいろいろなことを言ったが、その言葉はたしかに本心から出ているようなので、デニストンは仕方なくたくさんの礼を言い、鎖を頸に巻いた。まるで彼はこの父娘《おやこ》に、恩返しのしようもないほど良いことをしてやったようだった。本を持って家を出ると、二人は戸口に立って見送り、「赤い帽子」亭の上り段から手を振っておやすみの挨拶をした時も、まだこちらを見ていた。

夕食が終わり、デニストンは手に入れた品物とともに、寝室に一人閉じこもった。堂守の家を訪問して古い本を買ったと言ってから、宿の女将は彼に特別の興味を示した。彼はまた食堂《サール・ア・マンジェ》の外の廊下で、女将と例の堂守が口早に言葉を交わすのを聞いたとも思った。「ピエールとベルトランがこの家で眠る」という主旨の言葉が、会話《はなし》を締めくくった。

この間、ある不愉快な感覚が次第に彼に忍び寄っていた――たぶん、発見をした喜びの反動が神経に来たのだろう。ともかく、彼は背後に誰かがいることを強く感じ、壁に背を向けていないと、どうも落ち着かなかった。もちろん、こんなことは、手に入れた蒐集品の明らかな価値と較べれば些細《ささい》なことにすぎなかった。先程も言ったように、彼は今一人寝室にいて、聖堂参事会員アルベリックの宝物をじっくり検分していたが、その宝物の中からは、次から次へ、いっそう魅力的な物があらわれたのである。

「アルベリック参事会員に祝福あれ!」独り言を言う癖が抜けないデニストンは言った。「その御霊《みたま》いずこにおわす? やれやれ! あの女将がもっと明るい笑い方をしてくれるといいんだがな。まるで家に死人がいるようじゃないか。煙草をあと半服分、吸うかな? それが良いだろうな。あの娘がくれた十字架は何なんだろう? 前世紀のものだろうか。うむ、たぶん、そうだ。頸にかけておくのは、ちょっと煩《わずら》わしいな——重すぎる。きっと、父親が長年かけていたんだろう。しまう前に綺麗にしておいた方がいいだろうな」

彼は十字架を頸から外して、机に置いた。その時、赤い布の上に——左肘のすぐそばにある物に注意を惹《ひ》かれた。それが何かという考えが二つ三つ、計り知れない速さで脳裡を駆け抜けた。

「ペン拭《ふ》きかな? いや、この家にそんな物はない。鼠か? いや、鼠にしちゃ黒すぎる。大きい蜘蛛か? まさか——ちがう。ああ、神様! あの絵に描いてあったのとそっくりの手じゃないか!」

次の刹那《せつな》、彼は悟った。青黒い肌がおおっているのは、驚くほど力の強い骨と腱《けん》。粗く黒い毛は、人間の手に生えたためしがないほど長い。指先から爪が伸びて、鋭く内側に曲がっている。爪は灰色で、角《つの》のようで、皺が寄っている。

彼は想像を絶するほどの激しい恐怖に心臓を鷲《わし》づかみにされて、椅子から飛び上がった。机に左手をのせていた妖しいものは、彼のうしろでゆっくりと立ち上がり、右手を曲げて、彼の頭上にかざしていた。そいつは真っ黒いボロボロの布をまとい、あの絵の通り、粗い毛におおわれていた。下顎は細く——何と言ったら良いだろう?——獣の顎のように薄っぺらだった。黒い唇の奥に歯が見えた。鼻はなかった。眼は燃えるような黄色で瞳が黒々と際立ち、そこに嬉々として輝いている憎悪と、生《せい》あるものを滅ぼしたいという渇望は、この妖怪のもっともおぞましい特徴だった。そこにはある種の知能——獣以上だが、人間以下の知能があった。

この恐ろしい怪物がデニストンの心に掻き立てた感情は、強烈な肉体的恐怖と深い精神的嫌悪だった。自分は何をしたというのだろう? どうすれば良いのだろう? 彼は何と言ったか良く憶えていないが、ともかく何事かを口走り、夢中で銀の十字架をつかんだ。魔物がこちらへ迫って来たのを意識して、苦悶する動物のような悲鳴を上げた。

小柄だがたくましい召使いのピエールとベルトランが部屋にとび込んで来た。二人には何も見えなかったが、何かが自分達を押し分けて、間をすり抜けて行くのを感じ、気絶したデニストンを見つけた。召使い達はデニストンとともに一夜を明かし、翌朝九時頃には、二人の友人がサン・ベルトランに到着した。デニストン本人はまだ動揺し、神経が昂《たか》ぶっていたけれども、その頃にはほとんど正気に戻っていて、これこれとわけを話すと、二人は信じてくれた。もっとも、あの絵を見て、堂守と話をするまでは信じなかったが。

小柄な堂守は夜明けとともに口実をつくって宿屋へ来ると、女将がした話に深い関心をもって聴き入った。驚く様子は見せなかった。

「あいつだ——あいつだ！　わしも見た」彼が言ったのはそれだけで、何を訊かれても、返事は同じだった。「Deux fois, je l'ai vu; mille fois je l'ai senti.（二度あいつを見た。千度もあいつを感じた）」堂守は例の本の来歴を何も語ろうとしなかったし、自分の体験についてもくわしくは話さなかった。「わしはもうじき眠るし、わしの眠りは安らかだろう。わしを悩まさんでもいいじゃないか」[*2]

彼が、あるいは聖堂参事会員アルベリック・ド・モーレオンが何に苦しめられていたのかを我々が知ることは、けしてあるまい。あの致命的な絵の裏には数行の書き込みがあったが、それを読めば、あるいは状況に光が照《あ》てられるかもしれない。

「Contradictio Salomonis cum demonio nocturno.
Albericus de Mauleone delineavit.
V. Deus in adiutorium. Ps. Qui habitat.
Sancte Bertrande, demoniorum effugator, intercede
pro me miserrimo.
Primum uidi nocte $12^{mi}$ Dec. 1694: uidebo mox ultimum.
Peccaui et passus sum, plura adhuc passurus. Dec. 29, 1701.」[*3]

これまでお話しした出来事についてデニストンがいかなる見解を抱いているか、私には良くわからない。彼はある時、私に「集会の書」の一節を引用して聞かせた。

「天罰のために造られし霊あり、怒り狂ひて大いなる災禍を与ふ。(18)」またある時、こう

＊2　彼はその年の夏に死んだ。娘は結婚し、サン・パプールに住み着いた。彼女には父親の「妄想」についての詳しい事情はわからなかった。

＊3　すなわち——ソロモンと夜の魔物との論争。アルベリック・ド・モーレオン画。唱和短句：おお主よ、すみやかに我を救いたまえ。詩篇：棲まうその人は（第九一篇）。
悪魔を祓《はら》いたまう聖ベルトランよ、いとも惨めな我のために祈りたまえ。一六九四年十二月十二日の夜、我は初めてあれを見たり。ほどなく最後にあれを見るべし。我は罪を犯し、苦しみしが、この先もさらに苦しまん。一七〇一年十二月二十九日。

『フランス・キリスト教名鑑』(16)によれば、聖堂参事会員が「寝床で、不意の発作(17)により」死んだのは、一七〇一年十二月三十一日である。サンマリタヌス兄弟達の偉大な著作にこうした詳しいことが記されるのは稀《まれ》である。

(16)　原題は『Gallia Christiana』。ラングルの司祭クロード・ロベールの著作で、フランスの司教や大修道院長に関する一種の百科事典。一六二六年に刊行されるが、その後、度々改訂版が作られた。

(17)　『Gallia Christiana』を改訂・出版したセヴォール・ド・サント゠マルト（一五七一～一六五〇）とルイ・ド・サント゠マルト（一五七一～一六五九）の兄弟、およびその息子らをいう。サンマリタヌスは「サント゠マルトの人」を意味するラテン名。

(18)　聖書外典『集会の書』第三九章二八節からの引用。ここはジェイムズの英文を訳す。

も言った。「イザヤはじつに分別のある男だった。バビロンの廃墟に棲《す》む夜の怪物について何か言ってるじゃないか？[19] こういうことは、今の我々にはちょっとわからんがね」

彼はべつの機会にも打ち明け話をしたことがあり、私はその話に強い印象を受け、共感をおぼえたのである。昨年、私達は聖堂参事会員アルベリックの墓を見にコマンジュへ行った。墓は大きな大理石の建築物で、大きな鬘《かつら》をかぶり、長衣《スータン》[20]をまとった聖堂参事会員の像が彫ってあって、その下に彼の学識を称える仰々しい讃辞が刻まれている。私はデニストンがサン・ベルトラン教会の司祭としばらく話し込むのを見ていたが、馬車で帰る時、彼は私に言った。「余計なことをしたんでなければ良いがな。知っての通り、僕は長老派[21]の信者だ――でも、僕は――きっと、アルベリック・ド・モーレオンの魂の安息のために『ミサをあげ、悼歌《とうか》を歌って』もらえるだろう」それから、いくらかスコットランド人らしい口ぶりで、こう言い足した。「あれがあんなに高価《たか》くつくとは思わなかったよ」

くだんの本はケンブリッジ大学のウェントワース・コレクションに収められている。

あの絵はデニストンが写真を撮ってから焼き捨てた。初めてコマンジュを訪れた時、街を去ったその日に焼いたのだった。

(19)「イザヤ書」第三四章への言及とおぼしい。「野《の》のけものと豺狼《おほかみ》とここにあひ牡山羊《をやぎ》その友《とも》をよび鵂鶹《ふくろふ》もまた宿《やど》りてここを安所《やすみどころ》とせん」(第三四章一四節)
(20)前面にボタンのついた黒い司祭平服。
(21)スコットランドに信者の多いプロテスタントの宗派。デニストンがカトリックの司祭にミサを依頼するのは宗旨違いの振舞いということになる。

# 消えた心臓

リンカーンシャーの中程にあるアスウォービー邸の玄関先に一台の駅伝馬車が停まったのは、私にたしかめられる限り、一八一一年九月のことだった。ただ一人の乗客であり、馬車が停まるとすぐに跳び下りた幼い少年は、呼鈴を鳴らしてから玄関の扉が開くまでの短い間、いかにも物珍しげにあたりを見まわしていた。少年の目の前にあった高くて四角い赤煉瓦の家は、アン女王(1)の御代《みよ》に建てられたが、石の柱がついている外玄関は一七九〇年の純粋に古典主義的な様式で建て増されたものだった。家の窓はたくさんあり、高くて幅が狭く、ガラスは太い白塗りの木枠に小さく仕切られていた。円窓を穿《うが》たれた三角形の切妻壁が、冠のように建物正面の上部を飾っていた。左右に翼《よく》があり、これを中央の棟とつなぐ廊下は、列柱に支えられ、風変わりなガラス窓が嵌《は》まっていた。これらの翼には、厩《うまや》と台所などが入っているとおぼしかった。どちらにも金色の風見がついた飾り物の頂塔《キューポラ》がのっていた。

夕日が建物を照らし、いくつもある窓ガラスを焔のように光らせていた。邸のうしろには平らな邸園が広がっていて、ところどころに樫《かし》の木が生え、周辺には樅《もみ》の木が空を背にそそり立っていた。教会の塔は邸園の外れの木立に埋《うず》もれて、金色の風見鶏だけが光を浴びていたが、その塔の時計が六時を打ち、音が風に乗って穏やかに聞こえて来た。外玄関に立って扉が開くのを待つ少年の心に伝わったのは、まったく快い印象だったが、初秋の夕暮れらしい物寂しさがなくもなかった。

駅伝馬車がウォーリックシャーから連れて来た少年は、あちらで半年ほど前に孤児となったのだった。今は年輩の従兄弟《いとこ》アブニー氏の寛大な申し出をうけて、アスウォービー邸で暮らすためにやって来たのである。その申し出は意外だった。アブニー氏を少しでも知る者はみな彼をいささか厳格な隠遁者《いんとんしゃ》と見なしていたからで、その人の規律正しい家庭に小さい男の子を住まわせるとは、いかにも場違いな異分子を持ち込むことになりそうだったからだ。本当のところ、アブニー氏のやっていること や性格については、ほとんど知られていなかった。ケンブリッジ大学のギリシア語教授は、後期の異教徒の宗教的信念について、アスウォービー邸の持主ほど知悉《ちしつ》してい

(1) イギリスの女王。在位は一七〇二〜一七一四年。

る者はいないと言っていた。たしかに、彼の書斎には密儀宗教や、オルペウスの詩(2)や、ミトラ崇拝(3)、新プラトン派に関して、当時入手し得る限りの書物がことごとく揃《そろ》っていた。大理石を敷き詰めた玄関広間には、雄牛を屠《ほふ》るミトラの立派な群像が立っていたが、それは大金を払ってレヴァントから輸入したものだった。彼はそれについて解説した文章を「紳士雑誌《ジェントルマンズ・マガジン》(4)」に載せており、帝国末期のローマ人の迷信について、優れた一連の論考を「クリティカル・ミュージアム」誌に書いたこともあった。要するに、彼は本の虫と見られていたわけで、孤児となった従兄弟の噂がこの男の耳に入ったことも、ましてやその子をアスウォービー邸に進んで引き取るなどということも、近隣の人間にとっては大変な驚きだった。

隣人たちがどういうことを期待していたにしても、アブニー氏が——背が高く、痩せていて、厳格な——若い従兄弟を優しく迎えようとしていることは、たしかだった。玄関の扉が開いたとたん、彼は書斎からとび出して来て、喜んで両手をこすり合わせた。

「よく来たね、おまえ——気分はどうだね？　幾歳《いくつ》になる？」と彼は言った——「その、旅行に疲れて、夕食が食べられんことはないだろうね？」

「ええ、有難うございます」とエリオット少年は言った。「僕は元気ですよ」

「良い子だ」とアブニー氏は言った。「それで、おまえ、いくつになるね？」

知り合って最初の二分間にこの質問を二回もしたのは、少し妙に思われた。

「今度の誕生日が来たら、十二歳です」とスティーヴンは言った。

「誕生日はいつだい、おまえ？　九月十一日か？　それは良い――じつに良い。まだ一年ばかり先だな？　よしよし――はっ、はっ！――わたしはこういうことを手帳に書いておくのが好きなんだ。たしかに十二歳だね？　たしかだね？」

「ええ、たしかです」

「よろしい！　パークス、この子をバンチ夫人《さん》の部屋へ連れて行って、お茶を飲ませなさい――夕食を――どっちでも良い」

（2）古代の密儀宗教の一つ、オルペウス教の教義に基づくオルペウスの讃歌のこと。ヘレニズム期かローマ帝政期初期の作とされる。イギリスでは十八世紀にトマス・テイラーによる英訳（一七八七）が出ている。
（3）古代ローマで盛んになった密儀宗教の一つ。ミトラ（あるいはミトラス）を主神とする。
（4）エドワード・ケイヴが一七三一年に創刊した月刊誌。

「かしこまりました」堅物《かたぶつ》のパークス氏はそう答えて、スティーヴンを一階にある召使いの部屋へ連れて行った。

バンチ夫人はスティーヴンがアスウォービー邸で会った中でもっとも感じの良い、情《じょう》のある人間だった。少年はすっかりくつろぎ、二人は十五分もすると大の仲良しになって、それはずっと変わらなかった。バンチ夫人はスティーヴンが邸へ来た日より五十五年ほど前に近隣で生まれ、お邸に住み込んで二十年になっていた。従って、この家と地域のことを何でも知っている者がいるとすれば、それはバンチ夫人だったし、けして人にものを教えることを厭《いや》がったりしなかった。

たしかに、冒険好きで知りたがり屋のスティーヴンには、この邸と邸の庭について説明してもらいたいことがたくさんあった。「月桂樹の散歩道のはずれにある神殿は、誰が建てたの？　お爺さんがテーブルの前に坐って、しゃれこうべに手をのせている絵が階段に掛かってるけど、あれは誰なの？」こうしたことや、似たような多くの問題が、バンチ夫人の宏大な知恵によって明らかにされた。しかし、与えられた説明がさほど納得のゆくものでないこともあった。

十一月のある晩、スティーヴンは家政婦の部屋で暖炉のそばに坐り、自分の境遇について考えていた。

「アブニーさんは善人なのかな、天国へ行くのかな？」彼はいきなりそうたずねた。子供は大人がこういう問題を解決できると不思議に信じ込んでいるのである。こうしたことを決するのは、別の法廷の役目であるはずだが。

「善人ですって？——まあ、あなた」とバンチ夫人は言った。「旦那様ほどお優しい方には会ったことがありませんよ！　そら、お話ししたじゃありませんか、七年前に旦那様が街路《とおり》で拾って来た男の子のことを？　それに、私が初めてここへ来てから二年あとに拾った女の子のことも？」

「いいや。話しておくれよ。バンチさん——今すぐ！」

「ええ」とバンチ夫人は言った。「女の子のことはあんまり良く憶《おぼ》えておりませんがね。旦那様はある日散歩に行って、その子を連れてお帰りになったんです。当時女中頭をしていたエリス夫人に、面倒を見るように言われましてね。可哀想な子供には身寄りがありませんでした——自分の口でそう言ったんですよ——ここに三週間も暮らしておりましたかねえ。ところが、あの子にはジプシーの血が混じっていたのかどうか知りませんが、ある朝、まだ誰も起きないうちに寝床から抜け出して、それっきり姿を晦《くら》ましてしまったんです。旦那様はすごくお困りになって、池という池を浚《さら》わせましたけれども、きっと、ジプシーに連れて行かれたんだと思いますよ。いなくなる前の晩、家のまわりで一時間くらい歌声が聞こえて、パークスが言いますには、その日の午後ずっと連中が森で叫んでいたそうですから。やれやれ！ あれは変わった子でしたよ。いつもむっつり黙り込んでいましてね。でも、あたしとはすごく仲良しになったんです。じつにおとなしい子でね──驚くくらいに」

「それで、男の子はどうしたの？」とスティーヴンがたずねた。

「ああ、あれも可哀想な子でした！」バンチ夫人はため息をついた。「あの子は外国人でした──ジェヴァニーと名のっていました──冬の日に手回しオルガンを奏《ひ》きながら、私道のあたりへやって来たんですよ。旦那様はすぐにその子を見つけて、どこから来たのか、幾歳《いくつ》なのか、どうやって暮らしているのか、親類はどこにいるのか──そういったことを、たいそう親切にお訊きになりました。でも、この子もおんなじでした。ああいうよその国の人間は勝手気ままな連中みたいで、ある晴れた朝、女の子と同じようにいなくなってしまったんです。どうして出て行ったのか、何をしてるのか、あたしどもはそれから一年も噂しておりましたよ。というのも、あの子は手回しオルガンを持って行かなかったんで、そら、そこの棚に置いてあります」

その日の午後ずっと、スティーヴンはバンチ夫人を質問攻めにして、手回しオルガンで曲を奏こうと試みた。

彼はその夜、奇妙な夢を見た。彼の寝室は家の最上階にあったが、そこの廊下の突きあたりに、使わなくなった古い浴室があった。扉には錠が下ろしてあったが、上半分がガラス張りで、そこに掛かっていたモスリンのカーテンはとうの昔になくなっていたから、覗《のぞ》き込むと、鉛を張った湯舟が右手の壁際に取りつけられ、頭の方が窓に向いているのが見えた。

私が言うその夜、スティーヴン・エリオットは、気がつくと、ガラス張りの扉ごしに中を覗いていた。月が窓の外に輝き、彼は湯舟に横たわるものを見つめていた。

その時どんなものを見たか、彼の話を聞くと、私は以前ダブリンにある聖《セント》マイカン教会の有名な地下納骨堂で見たもののことを思い出す。その地下堂は遺骸を何世紀も腐敗から守るおぞましい性質を持っているのだ。少年が見たのは言うに言えないほど痩せこけた悲愴な姿で、くすんだ鉛色をして、経帷子《きょうかたびら》のような衣につつまれ、薄い唇は引きつって、うっすらと恐ろしい笑みを浮かべていた。両手は胸の上にぴったりと合わせていた。

それを見ていると、聞こえるか聞こえないかのかすかな呻《うめ》き声がその唇から洩れて来るようで、両腕が動きはじめた。スティーヴンは恐ろしさのあまり思わず後《あと》ずさったが、ハッと目醒めると、廊下の冷たい板張りの床に立って、月光をまともに浴びていた。彼はその年齢《とし》の少年には珍しい勇気をふるって、浴室の扉まで行き、夢に見た姿が本当にそこにあるかどうかをたしかめた。姿はなく、彼は寝床に戻った。

翌朝、バンチ夫人は少年の話を聞いて大いに驚き、浴室のガラス張りの扉にモスリンのカーテンを掛け直した。また、朝食の席でアブニー氏に前夜の体験を打ち明けると、氏も非常に興味を持ち、「わたしの手帳」と称するものに書き留めた。

春分の日が近づいており、アブニー氏はそのことをしばしば従兄弟に思い出させたうえ、こんなことを言い添えた——古代人はつねにこの日を若者にとって重大な時と考えていた。おまえも身体に気をつけ、夜は寝室の窓を閉めた方が良い。この問題に関しては、ケンソリヌス(5)がためになることを言っている、と。この頃起こった二つの出来事が、スティーヴンの心にある印象を残した。

第一の出来事は、いつになく不安で寝苦しい一夜を過ごしたあとに起こった——とはいえ、何か特別な夢を見た記憶はなかった。

次の日の晩、バンチ夫人は少年の寝巻きを繕《つくろ》うのに忙しかった。「何ですね、スティーヴン坊ちゃま!」夫人は少し苛々《いらいら》して、文句を言った。「一体全体、どうやって寝巻きをこんなにめちゃめちゃに破ったんです? ごらんなさい、あなたの着物をかがったり繕ったりしなきゃならない哀れな召使いを、どれほど困らせるんです!」

たしかに、その服には何ともひどい、見たところ出鱈目《でたらめ》につけた裂け目や引っ掻き傷があり、縫い物上手でなければ直せそうもなかった。それは胸の左側だけについていて——長さ六インチくらいの平行した裂け目がいくつもあったが、中にはリンネルの生地をすっかり貫いていないものもあった。スティーヴンは、どうして傷がついたのかわからないと言うしかなかった。昨夜《ゆうべ》はたしかに、そんなものはなかったのだ。

「でも、バンチさん。それって、僕の寝室の扉の外についてる引っ掻き傷とおんなじ

(5) 三世紀ローマの著述家・文法学者。現存する著作に『誕生日について De Die Natali』がある。

だね。あれをつけたのは僕じゃないよ」

バンチ夫人は口をポカンと開《あ》いて少年を見つめ、それからやにわに蠟燭をひったくると、あわてて部屋から出て行った。階段を上がる足音が聞こえた。夫人は二、三分すると、下りて来た。

「スティーヴン坊ちゃま。あたしゃどうも変だと思いますよ。一体どうして、あそこにあんな跡や引っ掻き傷がついたのか——猫や犬がつけたにしちゃあ場所が高すぎますし、鼠ならなおさらです。まるで支那人の指の爪みたいじゃありませんか。お茶の商いをしておりました叔父がね、あたしたち女の子が集まると、よく話していたものですよ。あたしなら旦那様には何も言いませんわ。あたしがもしあなたならね、スティーヴン坊ちゃま。ただ、寝る時は扉の鍵をちゃんと掛けておきますわ」

「いつもそうしてるよ、バンチさん、お祈りをしたら、すぐそうするんだ」

「ああ、良い子ですね。いつでもお祈りをなさい。そうすれば誰もあなたを傷つけやしませんよ」

バンチ夫人はそう言うと、破れた寝巻きの繕いに取りかかって、時々考え込みながら、寝る時間まで続けていた。これは一八一二年三月の金曜日の夜のことだった。

翌晩、スティーヴンとバンチ夫人がいつものように二人でおしゃべりをしていると、執事のパークス氏がいきなり割り込んで来た。彼はふだんは食器部屋で一人楽しくやっているのである。スティーヴンがそこにいるのに気づかず、その上、苛々してふだんよりも口が軽かった。

「晩に葡萄酒が欲しけりゃ、旦那様が御自分で取ってくればいいんだ」と開口一番に言った。「わしは昼間取りに行くか、さもなきゃ全然取りに行かないかだよ、バンチさん。ありゃあ何なのかわからない。大方《おおかた》鼠か、さもなきゃ酒蔵に風が吹き込むんだろう。だが、わしももう若かないから、今までみたいに我慢できないんだ」

「でも、パークスさん、ここは鼠の天国じゃないの、このお屋敷は」

「そりゃあ、たしかにそうだ、バンチさん。それに造船所の連中から、口をきく鼠の話を聞いたことがあるよ。前はけして信じなかったが、しかし、今夜、わしがもしも奥の仕切りの扉に耳をあてるようなはしたない真似をしたら、あいつらが言ってたような話声がきっと聞こえたろうよ」

「まあ、やめてよ、パークスさん。あんたの与太話《よたばなし》には閉口よ。鼠が酒蔵でしゃべるなんて、まったく！」

「いや、バンチさん、おまえさんと言い争うつもりはないんだ。わしが言ってるのは
な、もしも奥の仕切りまで行って扉に耳をあてたら、すぐにもわしの言うことが証明
できるってことさ」
「馬鹿なことお言いでないよ、パークスさん――子供に聞かせる話じゃありません
よ！　そら、そこにいらっしゃるスティーヴン坊ちゃまが怖がって、ヘンになっちま
いますよ」
「何！　スティーヴン坊ちゃんだって？」パークスは少年がいるのに気づいて、言っ
た。「スティーヴン様はよくおわかりだよ、わしらが冗談を言ってるのをな、バンチ
さん」
実際、スティーヴン坊ちゃんはよくわかっていたので、第一にパークス氏が冗談を
言ったとは思わなかった。彼は必ずしも愉快ではなかったが、この状況に興味をおぼ
えた。だが、あれこれたずねてみても、執事は酒蔵での体験について、それ以上詳し
いことは何も話さなかった。
さて、いよいよ一八一二年三月二十四日になった。スティーヴンが奇妙な体験をし

た日である。風の吹く騒がしい一日で、家も庭も落ち着かない雰囲気だった。スティーヴンが敷地の柵のそばに立って邸園をながめていると、まるで目に見えない人々の果てしない行列が、風に乗ってそばをサッと通り過ぎて行くような気がした。その人々は抵抗も出来ず、目的《あて》もなく風に運ばれ、飛ぶのをやめようと――何かにしがみついてそこにとどまり、かつて自分が属していた生者の世界にもう一度触れようとしているが、それが出来ない――という風な感じだった。その日、昼食のあとにアブニー氏が言った。

「スティーヴンや、今夜十一時にわたしの書斎へ来られるかね？　時間は遅いが、それまで用があってね。じつは、おまえにある物を見せたいんだ。それはおまえの将来に関係があって、おまえが知っておくことが非常に大切なんだ。このことはバンチさんにも、ほかの誰にも言ってはいかんよ。それに、いつもの時間に寝室へ上がった方が良い」

これこそ、人生に新しい刺激が加わるというものだ。スティーヴンは十一時まで夜更かしの出来るこの機会に、喜んでとびついた。その晩、階上《うえ》へ上がる途中、図書室の入口から中を覗いてみると、いつも部屋の隅に置いてあった火鉢が暖炉の前に動かしてあった。テーブルの上には紅葡萄酒を満たした古い銀鍍金《ぎんめっき》の杯があり、何か字の書いてある紙がそばに置いてあった。スティーヴンが通りかかった時、アブニー氏は丸い銀の箱から火鉢に香《こう》を焚《く》べていたが、少年の足音には気づかないようだった。

風は歇《や》み、夜は静かで満月がかかっていた。十時頃、スティーヴンは寝室の開いた窓の前に立って、外の景色をながめていた。夜はひっそりと静かだったが、遠い、月に照らされた森の謎めいた住民はまだ寝静まっていなかった。時折、道に迷って絶望した放浪者の叫びのような奇妙な声が、湖の向こうから聞こえて来た。梟《ふくろう》か水鳥の声かもしれないが、どちらにもあまり似ていなかった。近づいて来るのではないだろうか? 声はもう水のこちら側から聞こえて来て、しばらくすると、灌木林の中を漂っているようだった。やがて声は歇んだが、窓を閉めて『ロビンソン・クルーソー』を読みつづけようと思ったその時、スティーヴンは、邸の庭の方にある砂利を敷いたテラスに、二つの人影が立っているのをみとめた――少年と少女のようで、並んで立ち、窓を見上げていた。少女の姿はどこか夢の中で湯舟にいた姿を思い出させてならなかった。少年はそれよりも強烈な恐怖を掻き立てた。

少女は半ば微笑《わら》いながら心臓の上に両手を重ねて、じっと立っていたが、黒髪で襤《ぼ》褸《ろ》を着た痩せっぽちの少年は、人を脅すような、癒《いや》し難く飢えて何かを求めるような様子で、宙に両腕を上げた。ほとんど透きとおった両手を月が照らし、月光が恐ろしく伸びた爪を透かしていた。そうして両腕を上げて立っている間に、少年はおぞましい姿をあらわにした。左胸に黒い穴がポッカリと空《あ》いていたのである。スティーヴンの耳というよりも脳裡に、その晩ずっとアスウォービーの森に谺《こだま》していた、飢えた物悲しい叫び声の一つが印象を刻んだ。やがて、この恐るべき二人は、乾いた砂利の上を素早く音もなく動いて行って、もう見えなくなった。

スティーヴンは筆舌に尽くせぬほど恐ろしかったけれども、意を決して蠟燭を持ち、階下のアブニー氏の書斎へ向かった。もうじき会う約束の時刻だったからだ。書斎ないし図書室の入口は表の広間の片側にあり、恐怖のあまり早足で歩いていたスティーヴンがそこまで行くのに長くはかからなかった。しかし、中に入るのは、さほど容易でなかった。扉に鍵が掛かっていないのはたしかだと思った。鍵はふだん通り、扉の外に引っかけてあったからだ。何度もノックをしたが、返事はなかった。アブニー氏は誰かの相手をしている。しゃべっている。何だ！　どうして大声を上げようとしたのだろう？　それに、なぜ叫び声が喉の奥で詰まったのだろう？　彼もあの怪しい子供たちを見たのだろうか？　しかし、あたりはもう静かになり、スティーヴンが怖くなって夢中で扉を押すと、扉はこともなく開いた。

＊　＊　＊　＊　＊

アブニー氏の書斎のテーブルの上にある種の書類が見つかり、スティーヴン・エリオットが読んで理解出来る年齢になると、状況はそれで説明された。一番肝腎な箇所は次のような内容だった。

「古代人は――こうした事柄に於いてかれらが賢かったことを、余は経験上知っている。かれらの説を信用するに足る経験をしたのである――非常に強く、また一般に次のことを信じていた。すなわち、我々現代人には野蛮とも思われる、ある種の手順を踏むことによって、人間の霊的能力を顕著に啓発することが出来る。例を挙げれば、一定数の同胞の人格を吸収することにより、一個人が、宇宙の地水火風の力を支配する霊的存在よりも、さらに高い地位に昇ることがかなう、と。

魔術師シモン(6)について記録されているところによると、彼は宙を飛び、目に見えなくなったり、思いのままの姿形を取ったりすることが出来た。これは、『クレメンスの再認』(7)の著者が用いた中傷的な文句によれば、彼が『殺害した』少年の魂の働きによるものであった。また、同様の好ましい結果を、年齢が二十一歳に至らぬ人間三人以上の心臓を吸収することによって得られることが、ヘルメス・トリスメギストスの(8)著作にかなり詳しく記されている。かかる方法の正否をたしかめることに、余は過去二十年の歳月の大部分を捧げて来た。そのために実験材料として、社会に目立った空白を生じることなく、都合良く始末できる人間を選んだのである。まず一七九二年三月二十四日に、ジプシーの血を引くフィービー・スタンレーという娘を始末した。第二に、一八〇五年三月二十三日の夜、ジョヴァンニ・パオリというイタリア人の浮浪

(6)「使徒行伝」第八章に登場する魔術師。
(7) 第四代ローマ教皇聖クレメンスの作と伝えられた一群の〝クレメンス偽書〟の一つ。使徒ペテロと魔術師シモンの論争について語る物語で、ギリシア語で書かれたがラテン語訳のみ現存する。
(8)「三倍偉大なるヘルメス」の意味で、エジプト神話の神トートのことだが、さまざまな神秘主義文書の著者に仮託されている。

児を始末した。最後の『犠牲』――これは余の感覚からすると、この上なく不愉快な言葉であるが――は、我が従兄弟スティーヴン・エリオットでなければならぬ。その日は本日、一八一二年三月二十四日でなければならぬ。

必要なる吸収を行う最善の方法は、生ける材料から心臓を取り出して、これを灰にし、約一パイントの紅葡萄酒、望むらくはポート酒と混ぜることである。少なくとも、初めの二つの実験材料の残りは隠した方が良く、そのためには、使わなくなった浴室や酒蔵が好適であろう。材料の心霊的部分――俗人が幽霊と呼ぶもの――のために、多少煩わされることがあるかもしれぬ。しかし、哲学的な気質の人間――この実験はそうした人間にのみふさわしい――は、かかる存在が復讐せんとする弱々しき努力を意に介さぬであろう。成功すれば、この実験が余に与えるはずの拡大され、解放された生存をば、余はこよなき満足感をもって観想する。それは余を人間の正義（と称するもの）の手のとどかぬところに置くだけでなく、死の見通しそのものすら、多分に除去するであろう」

アブニー氏は椅子に坐り、仰向けにのけぞった格好で発見されたが、その顔には怒りと恐怖と断末魔の苦痛の表情が刻まれていた。身体の左側に、鋭利な物で掻き裂いたような恐ろしい傷があり、心臓が露出していた。両手に血はついておらず、テーブルにのっていた長いナイフもまったく綺麗だった。獰猛《どうもう》な山猫なら、このような傷を負わせ得たかもしれない。書斎の窓は開いており、アブニー氏は野生動物に襲われて死に至ったというのが検死官の意見だった。しかし、スティーヴン・エリオットは右に引用した書類を熟読して、まったく違う結論に達したのである。

# 銅版画

もうせん私は、デニストンという友人の身に起こった奇妙な出来事の経緯《いきさつ》を読者にお話しする喜びを持ったと思う。それは彼がケンブリッジにある美術館のために、美術品を探し求めている時のことだった。

デニストンは英国へ戻って来ても、自分の体験をあまり人に語らなかったが、それでも多くの友人に知れ渡って、その一人に、当時べつの大学で美術館を取り仕切っていた紳士がいた。デニストンと同様の仕事に携わる人間としては、あの話に相当強い印象をうけたことは当然である。だから、自分がそんな恐ろしい目に遇《あ》うことはないと安心させてくれる解釈にとびつくのも、無理はなかった。実際、その紳士はこう思って胸を撫で下ろしたのである——俺は美術館のために古い写本を買ったりしなくても良い。それはシェルバーニアン図書館の仕事だ。あすこの専門家たちは、そうしたければ大陸の知られざる隅々まで荒らしまわって、そういうものを渉猟《あさ》れば良い。有難いことに、俺は当面、英国の地誌に関係する絵や版画を買い集めて、うちの美術館が所蔵するすでに比類のないコレクションを拡充していれば良いのだ。だが、じつは、このように地味で平凡な部門にすら暗い隅々があるかもしれず、ウィリアムズ氏はそうした片隅の一つに期せずして触れたのだった。

地誌関係の絵画の入手にごく限られた関心しか持たぬ人でも、そうした探索にはロンドンのある商人の助けが不可欠であることは知っている。J・W・ブリットネル氏は、イングランドとウェールズの邸宅や教会や町を描いた版画、図面、古いスケッチの在庫品を満載し、しかもつねに品揃《しなぞろ》えが変わる立派なカタログを頻繁《ひんぱん》に発行している。これらのカタログは、むろん、ウィリアムズ氏にとって仕事のいろはだった。しかし、彼の美術館はすでに地誌的絵画をたくさん持っているため、彼は大量にというよりも定期的に買う買い手だった。そして珍品を提供するよりも、ありふれていても自分のコレクションに欠けているものを補うことをブリットネル氏に求めていた。

さて、去年の二月、美術館にあるウィリアムズ氏の机にブリットネル氏の店から来たカタログが置いてあり、それには店主自らタイプライターで打った書信が添えられていた。内容は次の通りだった。

「拝啓
同封するカタログの九七八番に何卒《なにとぞ》御注意下さいますよう。よろしければ、品物をお送りさせていただきます。

敬具

J・W・ブリットネル」

同封されたカタログの九七八番を見つけることは、ウィリアムズ氏にとって（彼が自分自身に言ったように）一瞬の早業《はやわざ》で、そこには次のような項目があった。
「九七八――作者不詳。興味深いメゾチント。荘園邸宅のながめ。今世紀初頭。縦十五インチ横十インチ。黒い額縁。二ポンド二シリング」
とくに興味をそそられるものではないし、値段も高すぎるような気がした。しかし、仕事のことも客のことも知り尽くしたブリットネル氏が珍重しているらしいので、ウィリアムズ氏は同じカタログに載っている他の版画やスケッチと一緒に送ってくれ、と葉書に書いた。ただし、買うかどうかは現物を見た上で決めたい、と。それから、さして期待もせず、その日の通常の仕事に戻った。

およそ小包というものは予想よりも必ず一日遅れてとどく。ブリットネル氏の小包も、この規則の例外——という言い方で正しいと思うが——ではなかった。土曜日の午後の便で美術館に配達され、ウィリアムズ氏はもう仕事を終えていたから、係員が学寮の彼の部屋へ運んでくれた。そうすれば、月曜日まで待たなくとも、ざっと中身を見て、欲しくない物は返送出来るからだ。それで、氏が友人とお茶を飲みに部屋へ入って来た時、小包はもうそこにあった。

この話に関係のある唯一の品物は、黒い額縁に入ったやや大き目のメゾチント画(1)だったが、これについては、ブリットネル氏のカタログに載っていた短い説明書きをすでに引用してある。もう少し詳しいことを申し上げる必要があるだろうが、その絵の外見を、今も私の眼に映っているほど、ありありと読者に伝えることは望むべくもない。似たような絵なら、今この時もあちこちの古い宿屋の談話室や、静かな田舎の大邸宅の廊下で見ることが出来よう。それはどちらかというと凡庸なメゾチント画で、

(1) 銅版画の一種で、画面に無数の傷をつけ、その傷を削って絵柄を浮き出させる技法をいう。

凡庸なメゾチント画というのは、おそらく、ありとあらゆる版画の中でも最悪の部類である。その絵には前世紀の、さほど大きくない荘園邸宅が正面から描かれていた。装飾のない枠に嵌《は》まった窓が三列、田舎風の石造りの壁に並んでいて、欄干には角々《かどかど》に球か花瓶の形をした飾りがあり、家の中央に小さな柱廊式玄関《ポーチコ》がついていた。左右には木立が、前にはかなり広い芝生があった。「A・W・F刻」という銘が狭い余白に彫ってあったが、ほかに言葉書きはなかった。全体に素人の作品めいた印象を与えた。こんな品物に二ポンド二シリングもの売値をつけるとは、ブリットネル氏は一体何を考えているんだろう。ウィリアムズ氏は深甚《しんじん》な軽蔑の念を抱いて、絵を裏返した。背面には紙の札が貼りつけてあったが、左半分が剝《は》げ落ちていた。残っているのは二行の文字の終わりの方だけで、一行目には「……ングリー館《ホール》」、二行目には「……セックス」とあった。

絵に描かれた場所を探してみる価値はあるかもしれない。地名辞典の助けを借りれば簡単だろう。そうしたら、ブリットネル氏に、氏の鑑識眼に対する批評を添えて送り返してやろう。

彼は蠟燭を点《つ》けた。もう暗かったからだ。お茶の仕度をして、一緒にゴルフをしていた友達（私が今書いている大学の先生方は、気晴しにくだんの娯楽に耽るそうであるから）をもてなした。二人がお茶を飲みながらした話は、ゴルフをなさる方なら御想像出来るだろうが、良心的な作者は、ゴルフをしない人々に強いて聞かせる権利を持たないのである。

しまいに辿り着いた結論は、もっと巧《うま》く打つべきショットがいくつかあったし、いくつかの難局では、双方とも、人間の権利として期待できる幸運に恵まれなかったということだった。さて、この時、友達が——ビンクス教授と呼んでおこう——例の額に入った版画を取り上げて、言った。

「これはどこなんだい、ウィリアムズ？」

「今調べるところなんだ」ウィリアムズはそう言いながら、地名辞典を取ろうとして書棚に寄った。「裏を見てごらん。サセックスかエセックスのなんとかリー館《ホール》、とある。名前が半分消えてるだろう。君、もしかして知らないかね？」

「あのブリットネルが送ってよこしたんだな？」とビンクスは言った。「美術館用かね？」

「うむ、値段が五シリングなら買ってもいいと思うんだが」とウィリアムズは言った。

「何を血迷ったか知らんが、これを二ギニー(2)で売ろうっていうんだ。なぜなのか見当もつかない。下手な版画だし、面白い人物も描いてないのに」

「僕も二ギニーの値打ちはないと思うね」とビンクス。「でも、それほど拙《まず》い出来じゃなかろう。この月光の描き具合なんか、中々良いじゃないか。それに人物だって一人はいるようだぜ。前の端《はじ》っこのところにね」

「見せてくれ」とウィリアムズ。「おや、ほんとに光は中々巧く描いてあるな。君の言う人物はどこだい？　ああ、いた！　絵の手前に頭だけ出しているな」

果たして、そこには――画面の縁《へり》すれすれに、黒い汚点《しみ》がついているようにしか見えなかったが――布にすっぽりくるまれた、男とも女ともつかない人間の頭があった。背中をこちらに向けて、家の方を見ている。

ウィリアムズは、前には気づかなかったのだ。

「しかし」と彼は言った。「思ったよりは巧い絵だが、どこかわからん場所の絵に美術館の金を二ギニーも払うことは出来んよ」

ビンクス教授はするべき仕事があったので、まもなく帰った。ウィリアムズは食事の時間近くまで、絵の場所を突きとめようとしていたが、わからなかった。「〝ング〟

の前の母音さえ残っていれば、簡単なんだがな」と彼は思った。「だが、これじゃあゲスティングリーからラングリーまでのどれだかわからないし、こういうふうに終わる名前は思ったよりも多い。それに、このろくでもない辞典には語尾の索引がないと来ている」

ウィリアムズ氏の学寮の食事時間は七時だった。食事の様子はくどくどと述べるまでもあるまい。なにしろ大食堂で会った同僚たちは、みんな午後ゴルフをしていたので、我々にはどうでも良い言葉がテーブルごしにさかんに飛び交った——ゴルフの話ばかりだったことを急いで申し添えよう。

晩餐のあとは、社交室《コモン・ルーム》と呼ばれるところで一時間ほど過ごしたのだと思う。さらに遅くなってから数人がウィリアムズの部屋へ来て、ホイスト(3)がはじまり、煙草をふかしたことは疑いない。その合間に、ウィリアムズは例のメゾチントを画面も見ずに

(2) かつての英国の通貨制度で一ポンドは二十シリング、一ギニーは二十一シリングだった。従って、二ギニーは二ポンド二シリングにあたる。ちなみに画家や医師への謝礼はポンドでなく、ギニーで払う習慣があった。

(3) トランプのゲーム。

テーブルから取り上げて、美術に多少興味のある人物に手渡し、その絵がどこから来たか、また我々がすでに承知しているほかのいろいろなことを語った。

くだんの紳士はなにげなく版画を受け取って、ちょっと見てから、少し興味を惹かれた口調で言った。

「じつに良い作品じゃないか、ウィリアムズ。いかにもロマン派時代という趣がある。光の表現が絶妙だと思うし、人物も、少しグロテスクすぎるが、なんだか非常に印象的だ」

「そうだろう?」とウィリアムズは言ったが、その時はソーダ割りウイスキーをほかの仲間に渡すのに忙しく、部屋のそちら側まで行って、絵をもう一度見ることが出来なかった。

もう夜も更けていたので、お客は帰りはじめた。かれらが行ってしまったあと、ウィリアムズは手紙を一、二通書き、半端仕事を片づけねばならなかった。真夜中を過ぎた頃、やっと寝る気になり、寝室の蠟燭を点けてからランプを消した。あの絵は、最後に見た男が置いた場所に画面を上にして置いてあり、ランプを消す時、それが目に留まった。彼は驚いて蠟燭を床に落としそうになったが、あの時、もし真っ暗になっていたら発作でも起こしたろう、と今も言うのである。だが、そうはならなかったので、明かりをテーブルに置き、絵をじっくり見ることが出来た。疑いの余地はなかった——およそあり得ないことだが、絶対にたしかだった。どこかわからぬ家の前にある芝生の真ん中に、その日の午後五時にはなかった人影があったのである。そいつは四つん這《ば》いになって家の方へ向かって行き、背中に白い十字が入った奇妙な黒い服にくるまっていた。

こういう場合、どのように振舞うのが理想的か、私にはわからない。ただウィリアムズ氏がしたことをお伝えするしかない。彼は絵の片端を持って、廊下の向かいの、彼が使っているもう一つの続き部屋へ運んだ。そこで抽斗《ひきだし》に入れて鍵をかけ、両方の続き部屋の扉の錠を下ろして、床に就いた。だが、その前に、あの絵が手元に届いてから示した異常な変化を逐一《ちくいち》書き留めて、署名をした。

遅くまで寝つかれなかったが、あの絵の振舞いを証言できる人間が自分一人ではないことを考えると、気が安まった。明らかに、昨夜《ゆうべ》あれを見た男も同じようなものを見たのだ。さもなければ、ウィリアムズは自分の眼か精神に何か重大な異変が生じていると思いたくなっただろう。だが、幸いこの可能性は除外されたので、翌朝するべきことは二つあった。あの絵をうんと慎重に吟味して、そのために証人を呼ばなければいけない。また、描いてあるのがどういう家かを本気でたしかめなければいけない。だから、隣室のニスベットを朝食に誘おう。それから、午前中一杯を費して、地名辞典を良く調べよう。

ニスベットはほかに約束がなかったので、九時半頃やって来た。もてなし役のウィリアムズは、遺憾《いかん》ながら、この遅い時間になってもちゃんと服を着ていなかった。朝食の間、ウィリアムズは例のメゾチント画について、君の意見を訊きたい絵があるんだ、としか言わなかった。しかし、大学生活を良く御存知の方なら、日曜日の朝食をとりながら、カンタベリー学寮の二人の特別研究員がどれほど多種多様の事を楽しく話し合ったか、御想像がつくであろう。ゴルフからテニスまで、話題にならないことはなかった。だが、ウィリアムズは少し心が乱れていたと申し上げねばならない。彼の関心は当然あの奇妙な絵に集中していたからで、その絵は今、向かいの部屋の抽斗の中に、画面を下にして置かれていたのだった。

ようやく朝の一服となり、パイプに火が点けられると、待ちに待った時がやって来た。彼はたいそう——身体が震えるほど——興奮して、向かいの部屋へ走り、抽斗の鍵を外し、絵を取り出し——画面はまだ下に向けたまま——駆け戻って来ると、ニスベットに手渡した。

「さあ、ニスベット、その絵に何が描いてあるか正確に言ってくれ。よかったら、少し詳しく説明してくれないか。理由はあとで話す」

「ふむ」とニスベットは言った。「こいつは田舎屋敷のながめだ——イングランドだろうと思う——月夜の」

「月夜？　たしかかい？」

「そうとも。細かい点を言うと、月は欠けて来ているようだ。空には雲がかかっている」

「よしよし、続けてくれ」と言って、ウィリアムズは独り言をつぶやいた。「誓って言うが、最初見た時は月なんか出ていなかったぞ」

「これ以上あまり言うことはないよ」ニスベットは続けた。「家には窓が一列——二列——三列並んでいる。それぞれの列に五つだ。ただ一階だけはちがうな。真ん中の窓の代わりに外玄関《ポーチ》があって——」

「だが、人物はどうだね？」ウィリアムズはそこに関心があるという風に言った。

「一人もいないよ」とニスベットは言った。「だが——」

「何だって！　前の芝生の上にいないかい？」

「誰もいない」

「誓ってそう言えるかね？」

「言えるとも。だが、もう一つだけ気のついたことがある」

「何だ？」

「一階の窓の一つが——扉の左側の窓が——開いている」

「本当かい？　何てことだ！　あいつは中に入ったにちがいない」ウィリアムズはひどく興奮してそう言うと、ニスベットが坐っているソファーのうしろにとんで来て、絵を引ったくり、自分でたしかめた。

　本当だった。人影はなく、窓が開いていた。ウィリアムズは驚きのあまり絶句したが、やがて書き物机のところへ行って、しばらく何か走り書きした。それからニスベットに紙を二枚渡すと、まずその一枚に署名を求めた——それには読者もたった今お聞きになった通り、ニスベットが絵の様子を説明した内容が書いてあった——それから、もう一枚の紙を、前の晩にウィリアムズが書いた証言を読み上げた。

「一体どういうことなんだろう?」とニスベットが言った。

「まったくだ」とウィリアムズは言った。「一つやらなくちゃいけないことがある——いや、考えてみると三つだ。ガーウッドから」——これは昨夜《ゆうべ》のお客である——「あいつが何を見たか聞き出す。それからあの絵を、これ以上先へ進まないうちに、写真に撮らなければいけない。それから、あの場所がどこか突きとめるんだ」

「写真撮影なら、僕もできる」とニスベットは言った。「やってやるよ。しかしね、何だか我々はどこかで悲劇が起こるのを手伝ってるみたいじゃないか。問題はそれがすでに起こったことなのか、これから始まるのかということだ。あの場所がどこか探しあてなきゃいけないぜ。そうだ」ともう一度絵を見て、言った。「君の言った通りだと思う。やつは家に入ったんだ。僕の考えが間違っていなければ、二階の部屋のどれかで恐ろしいことが起こるぞ」

「それが何だか教えてやるよ」とウィリアムズは言った。「向かいの部屋のグリーンのところへ、この絵を持って行こう」(グリーンというのは、この学寮の古参研究員で、長年会計係をつとめていた)「彼なら知ってるかもしれない。我々の学校はエセックスとサセックスに土地を持っているから、彼は若い頃、この二州へ何べんも行ってるはずなんだ」

「きっと、そうだな。でも、まずは写真を撮らせてくれたまえ。だが、待てよ。グリーンは今日はいないんじゃないかな。昨夜《ゆうべ》大食堂にいなかったし、日曜日は出かけると言ってたような気がする」

「たしかに、そうだ。ブライトンへ行ってるんだ。じゃあ、君が写真を撮ってくれたら、ガーウッドのところへ行って証言をもらって来よう。僕がいない間、あの絵を見張っていてくれ。こうなると、二ギニーっていうのも、それほど法外な値段じゃないような気がして来たよ」

彼はほどなくガーウッド氏を連れて戻った。ガーウッドの証言によれば、例の人物は、彼が見た時、絵の縁《へり》からは離れていたが、芝生のそんな先までは進んでいなかったという。服地の背に白いしるしがついていたのは憶えているが、十字架だったかどうかは良くわからない。こうした主旨の書類がその場で書き上げられ、署名されて、ニスベットが絵の写真を撮影した。

「さて、これからどうする？」と彼は言った。「一日中坐って、こいつを見張っているかね？」

「いや、その必要はない」とウィリアムズは言った。「この絵は僕らに事件全体を見せようとしているんじゃないかと思うんだ。いいかね、僕が昨夜あれを見た時から今朝までには、たくさんのことが起きる時間があったが、化物は家に入っただけだ。あの時間に用事を済まして、自分の棲処《すみか》へ帰ってしまうこともできたはずだが、窓が開いている事実からすると、奴は今も家の中にいるにちがいない。だから、放っておいてもかまわない気がするのさ。それに昼間のうちは、そんなに変わらないだろうと思う。午後は散歩に出かけて、お茶の時間に、いや、いつでも暗くなったら帰って来れば良いよ。絵はここのテーブルに置いて、扉に鍵をかけておこう。僕の校僕以外は、誰も部屋に入れないからな」

それは良い考えだと三人は賛成した。それに、三人一緒に午後を過ごせば、他人にこのことをしゃべってしまう可能性も減るだろう。というのは、今起きているようなことの噂が広まったら、「幽霊学協会」の面々が総出で押しかけて来るだろうから。

かれらには五時まで休憩してもらっても良いだろう。

五時頃、三人はウィリアムズの部屋へ通じる階段を上がろうとしていた。部屋の扉に鍵がかかっていないのを見て、最初は少し腹を立てたが、日曜日は校僕が平日よりも一時間早く用を伺《うかが》いに来ることをすぐに思い出した。ところが、意外なものが三人を待ち受けていた。最初に見たのは例の絵で、置いて行った時のまま、本の山に立てかけてあった。次に見たのは、ウィリアムズの校僕が机の前の椅子に坐り、恐怖の表情もあらわに、その絵を見つめている姿だった。これはどうしたことだ？　フィルチャー氏（この名前は私が考えたわけではない(4)）は中々評判の良い使用人で、彼自身の学寮にも近くのいくつかの学寮にも礼儀作法のお手本を示していたほどだから、主人の椅子に腰かけたり、主人の家具や絵に特別な注意を払うそぶりをするなどということは、ふだんの行いから懸け離れたものであった。実際、自分でもそれを感じたらしい。三人組が部屋へ入って来ると、すっかり慌てて、やっとのことで立ち上がった。それから、こう言った。

「申しわけございません、椅子に腰かけるような勝手な真似をいたしまして」

「いや、いいんだ、ロバート」ウィリアムズ氏が口を挟んだ。「あの絵を君がどう思うか、いずれ訊こうと思っていたんだ」

「はい、もちろん、てまえはさかしらに自分の意見など言い立てるものじゃございませんが、うちの小さい娘に見える場所には、ああいう絵を掛けたいと思いません」

「そうかい、ロバート？　なぜなんだね？」

「はい。娘はある時、ドアの聖書(5)を見まして、それにはあの絵の半分ほども恐ろしい絵は載っていませんでしたが、そのあと三晩か四晩、てまえどもは娘と一緒に起きていなけりゃならなかったんです。ですから、もしもあの子が、この絵の骸骨だか何だかが赤ん坊をさらって行くのを見たら、震えあがってしまうでしょう。子供がどんなものか、御存知でしょう。些細《ちいさ》なことでひどく神経質になるんです。でも、てまえに言わせていただきますと、あの絵はそこいらに置いとくべきものじゃありません。神経の細い人が入って来るような場所には、置いちゃいけません。今晩は何か御用はございますか？　は、ありがとうございます」

　優秀な男はこう言うと、ほかの先生方の部屋へまわったが、残された紳士たちがさっそく版画のまわりに集まったことはおわかりだろう。画面には前と同様、欠けは

（4）フィルチャー Filcher は、普通名詞としては「こそ泥」くらいの意味がある。
（5）校僕はフランスの画家ギュスターヴ・ドレの挿絵が入った聖書のつもりで言ったが、ドレがドアと訛《なま》ったのである。

じめた月と流れ雲の下に、あの家があった。開いていた窓は閉まり、人影はふたたび芝生の上にいたが、今回は両手両膝を地面について用心深く這っているのではなかった。まっすぐに立ち、絵の手前に向かって大股にさっさと歩いていた。月がそいつの背後にあり、黒い衣が顔に覆いかぶさっているため、面立ちは良くわからない。だが、この絵を見ている者は、白くて丸い額と二、三本のほつれた髪の毛しか見えないことを深く感謝した。頭は前に屈《かが》み、両腕はあるものをひしと抱きしめていて、ぼんやりと見えるそのものは子供らしかったが、死んでいるのか生きているのかさだかでなかった。怪しい人物は両脚だけがはっきりと見分けられて、その脚は恐ろしく細かった。

五時から七時まで、三人の仲間は坐って順番に絵を見守っていた。しかし、少しも変化はなかった。これなら置いて行っても大丈夫だろう、食事が済んだら戻って来て、さらなる展開を待とう、ということで意見が一致した。

三人がなるべく早い機会《おり》を見つけて、ふたたび集まった時、版画はそこにあったが人物は消えており、家は月光の下に静かに佇《たたず》んでいた。あとは地名辞典や案内書を見て、その晩を過ごすしかなかった。ついにウィリアムズが運良く探しあてたが、それだけの努力をしたのだろう。午後十一時三十分、彼はマレーの『エセックス案内』(6)から以下の個所を読み上げた。

「十六・五マイル、アニングリー。当地の教会はノルマン時代の興味深い建築だが、前世紀に大幅な模様替えをされて古典風になっている。教会にはフランシス家の墓があるが、フランシス家の邸アニングリー館《ホール》はアン女王朝様式の堅牢な家で、教会墓地のすぐ向こうにある約八十エーカーの邸園に建っている。一家はすでに断絶した。最後の嗣子《しし》は一八〇二年、まだ幼な子のうちに謎めいた失踪を遂げた。父親のアーサー・フランシス氏は、地元ではメゾチントの素人版画家として知られていた。息子の失踪後は邸に引きこもり、不幸があってから三年目の同じ日にアトリエで死亡しているのが発見された。氏は邸を描いた版画を完成したばかりだったが、その刷りはかなり珍しいものである」

これがどうもそれらしかったが、実際、グリーン氏が戻って来ると、すぐにその家

(6) ジョン・マレー社が一八七〇年に刊行し、多く版を重ねた『エセックス、サフォーク、ノーフォーク、ケンブリッジシャー旅行案内』。

をアニングリー館だと認めた。

「あの人物が何者かというような話はないかい、グリーン?」というのが、ウィリアムズ氏が当然発した質問だった。

「さあ、わからんな、ウィリアムズ。私が初めてあすこを知った頃——ここへ来る前のことだがね——土地で言われていたのは、こんなことだよ。フランシス老はいつも密猟者に厳しくてね。機会さえあれば、こいつはやっているなと睨《にら》んだ男を土地から追い出していた。そうやって、だんだん連中を片づけていって、ついに一人だけ残った。当時の大地主というのは、今じゃ考えられないようなことがいろいろ出来たからな。ところで、最後まで残った男は、あの州によくある奴——非常な旧家の最後の生き残りだった。その一族は、昔はお邸の殿様だったんだと思う。私の教区でもまったく同じことがあったのを思い出すよ」

「『ダーヴァヴィル家のテス』(7)に出て来る男みたいなものだね?」ウィリアムズが口を挟んだ。

「うむ、そうだろうな。あんな本は読む気がせんがね。しかし、この男は教会へ行けば、先祖のものだった墓がズラリと並んでいるのを見せることが出来た。そんなわけで、少しひがんでいたんだな。だが、土地の者の話じゃ、フランシスは中々奴をつかまえられなかった——あいつはいつも法律に触れないスレスレの線を守っていたんだ——ところが、ある夜、猟場の番人たちが、奴が地所の外れの森で密猟しているのを見つけた。今でも、その場所がどこか教えてやれるよ。そこは以前私の伯父のものだった土地と境《さかい》を接しているんでね。それからドサクサがあったことは察しがつくだろう。このゴーディーという男（たしか、そういう名前だった——ゴーディー。そう、思い出したぞ——ゴーディーだ）、あいつはまったく気の毒な奴で、運悪く番人の一人を撃っちまった。さて、それこそフランシスの思う壺だった。それに大陪審も——当時の大陪審というのはどんな連中だったか知ってるだろう——気の毒なゴーディーは大至急縛り首になった。私は奴が葬られた場所を見せられたよ。教会の北側だ——あの地方の風習は知ってるだろう。絞首刑になったり、自殺したりした人間は

（7）　一八九一年に発表されたトマス・ハーディーの小説。主人公テスの父ジャック・ダービーフィールドは貧しい農民だが、自分が名家の末裔だと思い込む。同書は同じ作者の『日蔭者ジュード』と共に問題作として非難を浴びた。

誰でもそちら側に埋められるんだ。誰かゴーディーの友達が——肉親じゃない。あの気の毒な男に肉親はいなかったからな。奴は血統を受け継ぐ最後の一人、いわば一族ノ最後ノ希望 spes ultima gentis だった——フランシスの子供をつかまえて、あっちの血筋も絶やしてやろうと企んだにちがいない、とそう考える者もいた。私にはわからんな——エセックスの密猟人がそんなことを思いつくなんて、ちと尋常じゃない——だが、こうなると、ゴーディーが自分で仕事をやってのけたようだと言いたくなるな。いやいや！　考えるのも厭《いや》だ！　ウイスキーを少しくれんかね、ウィリアムズ！」

この事実はウィリアムズからデニストンに伝えられ、デニストンからさまざまな仲間に伝わった。私もその一人だし、サドカイ派[8]の蛇学教授もそうだった。遺憾ながら後者は、この話をどう思うとたずねられると、こう言っただけだった。「ああ、ブリッジフォード[9]の連中なら、どんなことでも言いかねんからな」——この感想は、それにふさわしい扱いを受けたのである。

付言すべきことが一つだけある。くだんの絵は今アシュレイアン博物館にあって、炙《あぶ》り出しインキが使われているかどうかを検査されたが、結果は出なかった。ブリットネル氏はあれが凡物《ぼんぶつ》でないことを確信していたが、それ以外は何も知らなかった。

その後、関係者が注意深く見守っているけれども、絵が変化したという話は聞かない。

（8）死者の復活や天使の存在を否定したユダヤ教の一派。これより転じて、無神論者や唯物論者の意味に使われる。

（9）オックスフォード大学とケンブリッジ大学のこと。通常「オックスブリッジ」というのを、ここではもじっている。

# 秦皮《とねりこ》の木

東部イングランドを旅したことのある人なら、そこに点在する小規模な田舎屋敷を御存知だろう——入ると少しひんやりする小さな建物で、通常イタリア風の様式で建てられ、八十エーカーから百エーカーほどの邸園に囲まれている。私は昔からこういう家に強く惹《ひ》かれる。樫《かし》の木の灰色の柵、立派な木々、葦《あし》が生い茂る湖、遠くに連なる森といった景色に。それに私は柱のついた柱廊式玄関《ポーチコ》が好きなのだ——おそらく、家は赤煉瓦のアン女王朝様式の建物で、十八世紀末の「ギリシア趣味」に合わせるため、外面に化粧漆喰《しっくい》が塗ってある。中の玄関は屋根まで吹き通しで、必ず二階に回廊をめぐらし、小型のオルガンを備えつけなければいけない。また、十三世紀の詩篇の本からシェイクスピアの四折り判まで何でもそろっている図書室も、私は好きだ。もちろん絵も好きだし、たぶん何よりも好きなのは、そうした家が建てられたばかりの時、地主の羽振りが良かったのどかな時代に、そこでどんな生活が営まれていたかを想像することなのである。また金はそれほどなくとも趣味が以前より多様で、やはり面白く生活している現在のことを想像しても楽しい。こういう家を一軒持って、然《しか》るべく管理し、そこでささやかに友人達をもてなすだけの余裕があったらと思う。しかし、これは余談である。お話ししなければいけないのは、ただ今説明を試みたような家で起こった一連の奇妙な出来事なのだ。それはサフォークのカストリンガム邸という家である。この話の時代以降、建物には大分手が加えられたと思うが、私が述べた基本的な特徴は今も残っている——イタリア風の柱廊式玄関、外よりも内部《なか》の方が古めかしい白い家の四角い建物、森に縁取られた邸園と湖。この家を他の多くの家から際立たせていた一つの特徴はなくなってしまった。以前は、邸園からこの家を見ると、右手に大きな秦皮《とねりこ》の古木が生えていて、壁から六ヤードと離れておらず、枝が建物に触れんばかりだった。その木はカストリンガムが防備を固めた城であることをやめて、堀が埋められ、エリザベス朝様式の住居が建てられた時から、ずっとそこに生えていたのだと思う。ともかく、一六九〇年にはほぼ目一杯大きくなっていた。

その年、カストリンガム邸のある地方では魔女裁判が幾度も行われた。往時人々が抱いていた魔女への恐怖の根源にたしかな理由がどれほどあったかを——もし、あったとすれば——正当に見定めるには、まだまだ時間がかかろう。魔女として告発された人間たちが、自分に何かの異常な能力《ちから》があると本当に想像していたのかどうか、隣人に害をなす能力はたとえなくとも、その意志を持っていたのかどうか、おびただしい自白のすべてが、魔女発見者の虐待によって無理矢理言わされたことなのかどうか——こうしたことは、思うに、いまだ解決されざる問題である。そして、これからする話は私をためらわせる。私にはそれをただの作り事として一蹴《いっしゅう》することが出来ない。読者御自身の判断を仰がなければならない。

カストリンガムは宗教裁判の犠牲者を一人つくった。マザーソウル夫人というのがその女の名前で、彼女が普通の村の魔女とちがうのは、やや暮らし向きが良く、有力な地位にあることだけだった。教区の立派な農場主数人が彼女を救おうとした。彼女の人柄を保証しようと尽力し、陪審の判決に相当の懸念《けねん》を示した。だが、女にとって致命的だったと思われるのは、カストリンガム邸の当時の所有者サー・マシュー・フェルの証言だった。彼は夫人が満月の夜、「わが家のそばの秦皮の木から」枝を集めているのを、べつべつの機会に三度、窓から見たと供述したのである。夫人は肌衣《はだぎ》をまとっただけの姿で枝によじ登り、奇妙な形に曲がったナイフで小枝を切り落としていた。その間独り言をつぶやいているようだった。サー・マシューは毎度彼女をつかまえようとしたが、女はいつもこちらが立てた物音に警戒して、庭へ下りて行った時には、兎《うさぎ》が邸園を村の方へ走って行くのが見えただけだった。

三度目の夜は懸命にあとを追いかけ、そのままマザーソウル夫人の家まで行った。だが、扉を叩きつづけて十五分も待たねばならず、ようやくあらわれた夫人はたった今寝床から出て来たように、ひどく不機嫌で眠そうだった。彼はそこへ来たわけを上手く弁解することが出来なかった。

これほど顕著でも異常でもない証言はほかの教区民もたくさんしたが、主にこの証言によってマザーソウル夫人は有罪となり、死刑を宣告された。彼女は裁判から一週間後、五、六人のもっと不運な者たちとともに、ベリー・セント・エドマンズ(1)で絞首刑に処せられた。

その時、州長官代理だったサー・マシュー・フェルは処刑に立ち会った。小糠雨《こぬか》の降る湿気《しっけ》た三月の朝、ノースゲイトの外の、草がぼうぼうに茂る丘を、馬車が絞首台

(1) サフォーク州西部の町。縮めてベリーともいう。

に向かって登って行った。ほかの犠牲者たちは無感情になっているか、惨めさにうちひしがれていたが、マザーソウル夫人は生きている時も死ぬ時も、変わっていた。彼女の「毒を含める怒り」は、当時の記録が述べるところによると、「見物人らを――然《しか》り、処刑人さへも――甚だしく動揺せしめ、狂へる悪魔の生き姿なりしと見し者はみな云ひ合へり。されど、女は刑吏に何らの抵抗もせざりき。ただ己に手をかけし人々を、いと憎さげなる毒々しき眼差しにて睨みし故――ある人はのちに筆者に云ひけり――爾後《じご》半年、思ひ返すのみにても精神《こころ》悩みしと」

しかし、彼女が言ったとされる言葉は一見意味をなさなかった。「お邸《やしき》に客があるだろうよ」これを低声《こごえ》で一度ならず繰り返したのである。

サー・マシュー・フェルは女の振舞いに平気ではいられなかった。彼は裁判沙汰が終わったあと、教区の副牧師と家に帰りながら、この件を語り合った。自分は裁判の時、喜んで証言をしたわけではない。魔女狩りにとくに夢中になっているわけではないが、ああいうことしか言えなかったし、自分が見たものはけして見間違いなどではない。自分は周囲の人間と気持ち良くつきあいたいと思っているから、この出来事全体が厭でならない。しかし、この一件では自分になすべき義務があると考え、その義務を果たしたのだ。彼の感情《きもち》を要約すると、まずそんなところで、副牧師はそれを賞讃したが、分別のある人間なら誰でもそうしたであろう。

二、三週間後、五月の月が満ちた晩に、副牧師と大地主は邸園でふたたび会い、一緒に邸へ歩いて行った。フェル夫人は重病の母親のところにいたため、家にはサー・マシュー一人きりだったから、副牧師のクローム氏は誘いを断りがたく、邸で遅い夜食をとった。

サー・マシューはその晩、あまり気分が乗らなかった。会話は主に家族と教区のことになったが、幸いにも、サー・マシューは彼の土地財産に関する希望や意向を覚書きに書き留め、これはあとで非常に役立った。

九時半頃、クローム氏は家に帰ろうと思い、その前にサー・マシューと二人で、家の裏手の砂利を敷いた散歩道を一まわりした。クローム氏の印象に残ったのは、ただ次のようなことだった。邸の窓のそばに秦皮の木が生えていると前に御説明したが、その木が見えるところへ来た時、サー・マシューが立ちどまって言ったのである。

「秦皮の幹を駆け上がったり下りたりしているのは何でしょう？　栗鼠《りす》ではないでしょうな？　今頃はもう巣にこもっているはずですから」

副牧師がそちらを見やると、動いている生き物が見えたが、月光の中で色はまったくわからなかった。しかし、ほんの一瞬見えた鋭い輪郭は脳裡に刻み込まれた。馬鹿げたことに聞こえるかもしれないが、栗鼠であれ何であれ、そいつは脚が四本より多かった——これは誓っても良いと副牧師は断言した。

それでも、チラリと見ただけなのでさして気にもとめずに、二人は別れた。そのあといずれかの場所で会っているかもしれないが、それは二十年も先のことになる。

翌日サー・マシュー・フェルは、いつもとちがって午前六時に下りて来ず、七時になっても八時になっても姿を現わさなかった。そこで召使いたちが様子を見に行き、寝室の扉を叩いた。かれらが心配して聴き耳を立て、ふたたび扉の羽目板を激しく叩く様子を長々と語る必要はあるまい。扉はしまいに外から開けられて、召使いたちは主人が真っ黒になって死んでいるのを見つけた。ここまでは読者も御想像なさっただろう。暴行の跡があるかどうか、その時はわからなかったが、窓は開いていた。

召使いの一人が牧師を呼びに行き、牧師の指示で検死官に通報した。クローム氏自身は大急ぎで邸へ行き、死人が横たわっている部屋へ案内された。彼が書き残した文章を見ると、サー・マシューを心から尊敬し、悼《いた》んでいたことがうかがわれるが、そこにはまた次のような一節がある。これは事件のなりゆきに、また当時の人々が信じていたことに光を照《あ》てるものであるから、ここに書き写しておく。

「寝室《へや》へ力づくで押し入りし形跡はなかりしが、窓は気の毒なる友がこの時季《じき》常にせしごとく開かれてあり。彼は晩に容量一パイントほどなる銀の器にて弱き麦酒《エール》を飲む習慣なりしが、今夜はそを飲み残せり。ベリーより来《きた》りし医師ホジキンズ氏、この酒を検査せしかど、後日検死法廷にて証言せるごとく、酒中に如何なる毒物も見出さざりき。かく申すは、無理もなきことなれど、死体がひどく膨張し、黒ずみてありしため、近隣に毒殺の噂立ちたればなり。死体は寝台にありしが、いたく乱れたる姿なりし。はなはだしく身体をよじりてあれば、我が畏友にして後援者たりし人物は、非常なる苦悶の末に息絶えしこと間違ひはあるまじ。今もつて説明つかず、非道なる下手人の恐るべき狡猾な意図を物語ると思はるるは、次の事実なり。すなはち、埋葬のため亡骸を浄《きよ》むる役をまかされし婦人らは、哀れなる人々なれど、嘆かはしき職業《なりはひ》の道に於いては敬はれしが、身も心もいたく苦しみ悩みて余のもとへ来《きた》り、かく言へり——素手にて亡骸の胸に触れしとたん、掌に尋常《ただ》ならぬ疼《うず》きと痛みを感じ、掌より前腕までたちまち途方もなく腫《は》れ上がりしと。そはまさしく一見して歴然たり。痛みはなおも熄《や》まざりしため、かれらは爾後数週間仕事を休まざるを得ず。しかるに、肌には何の痕跡も認められざり。

余はこれを聞きて、いまだ屋敷に居残りし医師を呼び、小さき水晶の拡大鏡を用ひて、死体の胸の皮膚をば可能なる限り入念に調べしかど、くだんの器具を用ひても、とくに重要なる問題は見あたらざりし。ただ二箇所に小さき穿孔ないし刺し傷あり、毒の注入されし跡なりやとその時は思へり。法王ボルジアの指輪(2)その他、前代イタリアの毒殺者達の凶行の実例を思ひ出したればなり。

亡骸に見られし症状につきて言ふべきことは、これのみ。今より付言することは余一人の実験にすぎず、何らかの価値ありや否やは後世の判断を俟《ま》つべし。寝台の傍の卓に小型の聖書置いてあり。友は——瑣末《さまつ》なる事柄に於いても然《しか》ありしが、この重大なる事柄に於いても几帳面にて——毎夜寝《いぬ》る時と朝目覚むる時、その一節を読む習慣《ならひ》なりし。くだんの聖書を手に取りし時——この貧弱なる要約の研究から、今は偉大なる本原の観照に移りし人へ捧げらるべき涙と共に——余の念頭に浮かびしことあり。人はかくも為《せ》むすべなき時、光明を約束するわずかの微光にも縋《すが》るものなればなり。念頭に浮かびしこととは、多くの者が迷信と云ふ昔の占ひ(3)を試みては如何といふこととなり。それにつきては、今は亡き殉教者チャールズ国王聖陛下(4)とフォークランド卿(5)のやんごとなき事例が、当時多くの人の語り草なりし。余の試みはさして益《えき》あらざりしかど、かかる恐ろしき事件の原因と由来は今後究明さるるやも知れねば、結果をここに書きとどめむ。余に勝る知者それを見ば、害悪の真の所在を明らめ得るやもしれざればなり。

(2) 法王アレクサンデル六世となったロドリーゴ・ボルジア(一四三一〜一五〇三)は、毒を仕込んだ指輪を持っていたという伝説がある。

(3) 原語はSortes。聖書をでたらめに開き、最初に目についた、または指がとまった句で吉凶を占うこと。Sortes Biblicae(聖書占い)という。同様のことはホメロスやウェルギリウスの詩でも行われ、それぞれSortes Homericae(ホメロス占い)、Sortes Virgilianae(ウェルギリウス占い)と称した。

(4) ピューリタン革命で処刑されたチャールズ一世のこと。フォークランド卿と共にボドレイアン図書館へ行き、ウェルギリウス占いをした。王が引きあてた語句は『アエネーイス』第四巻(六一九―六二〇行)で英雄アエネーアースに捨てられたディドーが彼を恨み、非業の死を遂げるように呪うくだりだったという。

(5) 第二代フォークランド子爵ルーシアス・ケアリー(一六一〇〜一六四三)。

さて、余は三度《みたび》試みぬ。聖書を開き、指を言葉の上に置きしに、初めは『ルカ伝』第十三章七節より『これを伐《き》り倒せ』、二度目は『イザヤ書』第十三章二十節より『ここに住むもの永く絶え』、三度目の試みに於いては、『ヨブ記』第三十九章三十節より『その子等《こら》もまた血を吸ふ』てふ言葉が得られたり」

クローム氏の手記からは、これだけ引用すれば十分だろう。サー・マシュー・フェルは然るべく納棺、埋葬され、次の日曜にクローム氏が行った弔《とむら》いの説教は、「探り難き道、あるいは英国の危機と反キリストの悪辣《あくらつ》な行い」と題して印刷されている。大地主は法王庁の陰謀(6)の再発の犠牲になったというのが副牧師の見解であり、また近隣でももっとも普通に考えられたことだった。

息子の二代目サー・マシューが爵位と財産を継《つ》いだ。かくてカストリンガムの悲劇の第一幕は終わる。驚くにはあたらないが、新しい准男爵は父親の死んだ部屋を使わなかったことを言い添えておこう。それに、彼がこの屋敷に住んでいた間ずっと、時たま訪れる客以外にそこで眠った者はいなかった。彼は一七三五年に亡くなり、その時代には、とくに変わったことはなかったようである——ただ、牛や家畜全般が奇妙なほど死に、その数は時が経つにつれて少しずつ増加する傾向を示した。

詳しいことに関心がおありの向きは、一七七二年の「紳士雑誌」に寄せた手紙をごらんになれば、統計的な報告が載っている。それは准男爵自身の記録から事実を引用したものだ。彼は結局、ごく単純な手段によって、被害を食い止めた。夜間、家畜をすべて小屋に閉じ込め、邸園に羊は飼わなかったのである。屋内で夜を過ごしたものは一度も病に罹《かか》っていないことに気づいたからだ。それ以後、病気になるのは野鳥や狩の獣だけだった。しかし、その症状についてちゃんとした記録はないし、夜通し見張っても何も手がかりは得られなかったのだから、サフォークの農民が「カストリンガム病」と呼んだものについて、長々と述べるのはやめよう。

二代目のサー・マシューは先に言った通り一七三五年に死んで、息子のサー・リチャードが順当にあとを継いだ。教区教会の北側に大きな家族席が建て増しされたのは、彼の時代だった。大地主の計画はたいそう大がかりだったため、その要求を満た

(6)　一六七八年、イエズス会士が国王チャールズ二世を暗殺し、カトリック教徒の弟ヨーク公（後のジェイムズ二世）を戴冠させようと企んだとされ、多くの人が処刑された。しかし、これは国教会の聖職者タイタス・オーツの捏造《ねつぞう》であった。

すためには、建物の不浄な側にある墓をいくつか掘り返さねばならなかった。その一つにマザーソウル夫人の墓[7]があったのだが、教会と墓地の見取り図に付した説明書き――どちらもクローム氏によるものである――のおかげで、墓の位置は正確に知られていた。

今なお少数の者は記憶している有名な魔女が掘り出されるという話が伝わると、村では多少の関心が掻き立てられた。彼女の棺は頑丈で壊れていなかったが、中には死骸も、骨も、塵埃も、まったくなかったことが判明すると、驚きと不安の念が非常に強まった。実際、奇妙な現象だった。彼女が葬られた頃には、屍泥棒《しかばねどろぼう》[8]のことなど誰も夢にも思わなかったし、解剖室で使う以外に、死体を盗む合理的な動機は考えられないからである。

この出来事を機に、四十年間忘れられていた魔女裁判と魔女の仕業に関するあらゆる話がひとしきり蒸し返され、棺を焼くようにというサー・リチャードの命令を、多くの者は少し無鉄砲だと思ったけれども、これは然るべく実行された。

サー・リチャードが厄介な革新家だったことは、間違いない。彼の代以前には、邸はいとも柔かい色調の赤煉瓦で造られた立派な建物だった。ところが、サー・リチャードはイタリア旅行をしてイタリア趣味にかぶれ、先代や先々代よりも金があったので、イングランドの家があったところにイタリア式豪邸を残そうと決意した。そこで、化粧漆喰と切石が煉瓦を蔽い、表広間や庭のそこかしこに凡庸なローマ風の大理石像が置かれた。ティヴォリにあるシビュラの神殿(9)の複製が、湖の向こう岸に建てられた。こうしてカストリンガム邸はまったく面目を一新し、私に言わせればあまり魅力のない姿になった。しかし、これは大いに称讃され、後年、近隣の多くの紳士が手本としたのである。

ある朝(一七五四年のことだった)、サー・リチャードは不快な一夜のあとに目醒めた。前の晩は風が強く、煙が始終暖炉から出て来たが、寒いので火を絶やすわけに

(7) 北側。
(8) 十八世紀から十九世紀にかけて、イギリスでは墓場から死体を盗んで解剖用に売る専門の泥棒が横行した。
(9) シビュラは古代の予言の巫女。ティヴォリ(ローマ時代のティブル)では女神として崇拝され、神殿の遺跡がある。

ゆかなかった。それに窓のあたりで何かがしきりにガタガタいうため、いっときも気が落ち着かなかった。おまけに、その日は地位のある客が何人も来ることになっており、来れば何か娯楽をしたがるだろうが、(鳥や獣の間で依然流行《はや》っている)病が近頃ひどく深刻なので、猟場を管理する者としての評判が落ちはしないかと案じていた。だが、彼をもっとも深く苦しめたのは、夜眠れないことだった。あの部屋では二度と眠れないだろう。

彼は朝食の時、主にそのことを考え込んでいたが、やがて、邸中の部屋を順繰りに見まわって、どの部屋が一番気に入るかをたしかめた。それには時間がかかった。この部屋の窓は東向きだし、あの部屋の窓は北向きだ。この扉は召使いが年中前を通るし、あの部屋は寝台が気に入らぬ。駄目だ。自分は日射しのために朝早く目が醒めない、西向きの部屋が欲しいのだ。その部屋は、邸の者が仕事で通らないところになければならない。女中頭《がしら》は途方に暮れて言った。

「いいですか、サー・リチャード。御存知でしょうが、そんな部屋はこの家に一つしかございません」

「どの部屋だね?」とサー・リチャードは言った。

「サー・マシューのお部屋――西の間《ま》でございます」

「そうか。なら、そこを私に使わせてくれ。今夜はそこに寝よう。どっちにあるんだ? こっちだな」主人はそう言うと、急いで歩き始めた。

「サー・リチャード、でも、この四十年間、あの部屋で寝た人はいないんです。サー・マシューがあそこで亡くなって以来、空気も入れ替えておりません」

彼女はそう言いながら絹擦《きぬず》れの音を立てて、ついて行った。

「さあ、扉を開けてくれ、チドック夫人《さん》。ともかく、部屋を見ておこう」

そこで扉を開けると、果たして、むっと土臭い匂いがした。サー・リチャードは窓に寄り、この人のいつもの癖で、せっかちに鎧戸を上げ、窓を大きく開け放った。家のこちらの端はほとんど手直しが行われておらず、大きな秦皮の木が繁って、ろくに景色も見えなかった。

「チドックさん、今日一日空気を入れ替えて、午後になったら、私のベッドを持って来てくれ。前の部屋にはキルモア司教(10)を眠らせてくれ」

(10) キルモアという地名はアイルランドに多い。

「おそれ入りますが、サー・リチャード」新しい声が話の途中に割って入った。「ちょっとお話をさせていただけませんか？」

サー・リチャードがふり返ると、戸口に黒服を着た男が立っていて、お辞儀をした。

「お邪魔いたしまして、申し訳ありません、サー・リチャード。たぶん、御記憶にないかと存じますが、私はウィリアム・クロームと申しまして、祖父はお祖父《じい》様の時代にここで副牧師をしておりました」

「それはそれは」とサー・リチャードは言った。「クロームと名のつく御方なら、このカストリンガム邸ではいつでも歓迎です。二代にわたるおつきあいを、私の代も喜んで続けたいと思いますよ。何か御用がおありですかな？　と申すのも、お越しの時間からして――それに私の間違いでなければ、あなたの御様子からして――お急ぎのように見受けられるからですが」

「お察しの通りです。ノリッジからベリー・セント・エドマンズまで、大急ぎで行くところなのですが、途中こちらへ寄りましたのは、書類をお渡しするためです。ついこの間、祖父の遺品を見ている時に出て来たものでしてね、御当家に関わりのあることが書いてあるかもしれませんので」

「御親切忝《かたじけな》い、クロームさん。私と客間へ来て一杯飲《や》ってくださいませんか。二人でその書類を見ようじゃありませんか。それからチドックさん、さっき言った通り、この部屋の空気を入れ替えるんだ。……うん、たしかに祖父はここで死んだ……うん、あの木のせいで少し湿気ているかもしれん……いや、もう聞きたくない。頼むから、駄々《だだ》をこねないでくれ。言われた通りにしなさい。あなた、一緒に来てくれますか?」

二人は書斎へ行った。若いクローム氏が持って来た包みには——ちなみに、彼はその頃ケンブリッジ大学のクレア・ホール学寮(11)の特別研究員になったばかりだったが、のちにポリュアイノス(12)の立派な校訂本を出すのである——他の物に混じって、サー・マシュー・フェルが死去した際、老副牧師が記した覚え書きが入っていた。サー・リチャードは、前述の謎めいた聖書占いのことを初めて知って、大いに面白がった。

「うむ。祖父の聖書は一つ賢明な忠告をしてくれたな——伐《き》り倒せ、と。これがもし

(11) ここでいうクレア・ホールは現在のクレア学寮のこと。
(12) 二世紀のマケドニアの著述家。『戦術書』が現存する。

秦皮の木のことなら、私は忠告を守るから、お祖父《じい》さんには安心して眠ってもらおう。あれはまったく鼻風邪と瘧《おこり》の巣だからな」

客間には家族の蔵書があったが、サー・リチャードがイタリアで買い集めた本がとどき、それを入れる然るべき部屋が出来るまで、蔵書の数は多くなかった。

サー・リチャードは覚え書きから視線を上げて、書棚を見やった。

「さて、年老《としと》った預言者殿はまだあそこにいるかな？　あれがそうかもしれない」

彼は部屋を横切って、ずんぐりした聖書を取り出した。果たして、その本の見返しにはこういう書き込みがあった。「マシュー・フェルへ。愛する祖母アン・オールダスより。一六五九年九月二日」

「こいつをもう一度試してみるのも悪くありませんな、クロームさん。きっと、『歴代志』の中の名前が二つ三つ出て来ますよ。そら！　ここに何て書いてあります？『汝、朝《あした》に我を尋ねたまふとも、我は在《あら》ざるべし』(13)やれやれ！　あなたのお祖父さんなら、これを立派な前兆と解されたことでしょう！　預言者はもう沢山だ！　みんな作り話なんですから。だが、クロームさん、包みを持って来てくださったことに、この上なく感謝いたします。道中お急ぎのようですが、どうか――もう一杯お飲みください」

それで、この次にはちゃんとおもてなししたいという話をして——それは本心だった(サー・リチャードは青年の物言いや態度が気に入っていたので)——二人は別れた。

午後になると、お客がやって来た——キルモア司教、メアリー・ハーヴィー夫人、サー・ウィリアム・ケントフィールド等々。五時に晩餐、酒、トランプ、夜食、そして各自就寝。

翌朝サー・リチャードは他の面々と猟に行く気がしない。彼はキルモア司教と話をする。この高位聖職者は、当時アイルランドを受け持っていたたいていの司教とちがって、自分の管区を訪れたことがあるばかりか、かなりの期間そこに住んでいた。この朝、二人がテラスを散歩しながらこの家の改修について話している時、司教は〝西の間〟を指さして、言った。

「私のアイルランドの信徒だったら、あの部屋に泊まらせることは絶対にできません

(13) 「ヨブ記」第七章二二節からの引用。

よ、サー・リチャード」

「どうしてです、猊下《げいか》？　あれは、じつは私の部屋なんですが」

「アイルランドの農民なら、秦皮の木のそばで眠るのは一番縁起《えんぎ》が悪い、ときっと言います。お部屋の窓から二ヤードと離れていないところに、秦皮の木が立派に繁っているじゃありませんか。もしかすると」司教はニヤリと微笑《わら》って語りつづけた。「あの木はもう、少しばかりあなたに影響を及ぼしているかもしれませんよ。こう言ってよろしければ、あなたは一晩お休みになっても、御友人方が望むほど元気になっておられないようですからな」

「たしかに、あの木のせいかどうか知りませんが、十二時から四時まで眠れなかったのです。しかし、明日伐り倒すことにしておりますから、これ以上あれに煩《わずら》わされることはないでしょう」

「結構な御決断です。お吸いになる空気が、あれだけの木の葉の間を通って来るのは、どうも健康に良いとは申せませんからな」

「おっしゃる通りだと思います。ですが、昨夜《ゆうべ》は窓を開けておきませんでした。眠れなかったのはむしろ、物音が――小枝がガラスをこすっていたんでしょう――熄まなかったせいなんです」

「そんなことはありますまい、サー・リチャード。そら——ここから御覧になればわかるでしょう。一番近い枝のどれも、お部屋の開き窓にはとどきもしませんよ。突風でも吹けばべつですが、昨夜はそんな風はありませんでしたからな。窓ガラスまで一フィートは離れていますよ」

「本当ですな。してみると、あれは何だったんでしょう。あんなに引っ掻いたり、こすったりしていたのは——ええ、それに、窓枠の埃の上に条《すじ》や跡が一杯ついていました」

結局、二人が辿り着いた結論は、鼠が蔦《つた》を這い登って来たのだろうということだった。司教の言い出したことで、サー・リチャードもその考えにとびついた。

その日はこうして穏やかに過ぎ、夜が来た。一同はめいめいの部屋に退《さが》り、サー・リチャードのために安らかな夜を祈った。

さて、私たちは今彼の寝室にいる。明かりは消え、大地主はベッドに入っている。部屋は台所の上にあり、外は静かで暖かいから、窓を開け放しにしてある。

寝台のあたりには光がほとんど射さないが、何かそこで奇妙に動いているものがある。まるでサー・リチャードが、音を極力立てずに、首を素早く振っているように見える。薄闇は目を欺《あざむ》くから、今はこんな風にも見えるだろう――彼には五つか六つの丸く茶色っぽい頭があって、それが前後に動き、時には胸板のあたりまで下がって来るのだ、と。恐ろしい錯覚だ。だが、それだけだろうか？　ほら！　何かが子猫のように柔かいポトリという音を立てて、ベッドから落ち、たちまち窓の外に消える。もう一つ――四つ――その後、あたりはふたたび静まり返る。

「汝、朝《あした》に我を尋ねたまふとも、我は在《あら》ざるべし」

サー・リチャードもサー・マシューと同じだった――ベッドで、真っ黒になって死んでいたのだ！

報せが伝わると、客人も召使いも青ざめ、黙りこくって、窓の下に集まった。イタリアの毒殺者、法王庁の密偵、汚染された空気――そうしたさまざまな憶測が口にされた。キルモア司教が例の木を見ると、低い大枝の股に白い雄猫がうずくまって、長い年月の間に幹に空いた空洞《うろ》を見下ろしていた。猫は何か木の中にいるものをたいそう興味深げに見守っていた。

突然、猫は起き上がって、穴の上に頸を伸ばした。その時、立っていた空洞《うろ》の縁が少し崩れ、猫はズルズルと滑って行った。中に落ちる音がして、誰もがそちらを見上げた。

たいていの人間は、猫が叫び声を上げることを知っている。だが、その時、秦皮の大木の幹の中から聞こえて来たような絶叫を聞いた者は、めったにいるまい。悲鳴は二度か三度聞こえた——目撃者たちも、どちらだったか自信がない——それから、暴れるか藻掻《もが》くような小さいくぐもった音がしたが、それっきりだった。しかし、メアリー・ハーヴィー夫人はすぐに失神し、女中頭は耳をふさいで逃げ出したが、テラスで倒れた。

キルモア司教とサー・ウィリアム・ケントフィールドはその場に残った。しかし、この二人も怯気《おじけ》づいていた——猫が悲鳴を上げただけだというのに。サー・ウィリアムは一、二度ゴクンと唾を嚥んで、やっとしゃべれるようになった。

「あの木の中には、何か得体《えたい》の知れないものがおりますな、猊下。さっそく調べてみたいと思いますが」

そうしようと話が決まった。梯子《はしご》が運ばれ、庭師の一人が登って空洞《うろ》の中を覗き込んだが、何か動いているものが二つ三つぼんやりと見えただけだった。一同は角灯《ランタン》を持って来て、綱でそれを空洞の中に下ろした。

「こいつはとことん突きとめなければいけません。賭けてもいいが、猊下、恐ろしい死亡事件の秘密はあそこにあるんです」

庭師は角灯を持ってふたたび梯子を登り、それを注意深く穴の中に下ろした。屈み込んだ彼の顔に黄色い光があたるのが見え、その顔が信じられぬものを見たような恐怖と嫌悪感に打たれたと思うと、庭師は凄まじい声で叫び、のけぞって梯子から落ちた——幸い、下で二人の男が受けとめたが——その時、角灯を木の中に取り落とした。

彼はすっかり気を失い、しばらく口が利けなかった。

やっとしゃべれるようになった頃には、べつのものが一同の目を惹いた。角灯が穴の底で壊れたと見え、積もっていた枯葉やごみに火が燃え移ったのだ。二、三分もすると濃い煙が立ちのぼり、やがて焔が上がった。そして手短に言うと、木が燃え上がったのだ。

傍観者たちは数ヤード離れたところに輪になって、サー・ウィリアムと司教が男たちにありったけの武器や道具を取りに行かせた。あの木に巣構《すく》っているものが何であれ、火責めにあって出て来ざるを得ないからである。

果たして、その通りだった。最初、木の股のところに、火につつまれた丸いものが――大きさは人間の頭ほどある――いきなり現われ、倒れて、中に落ち込んだようだった。それが五、六回続いた。それから、同じような丸いものが宙に跳ね上がり、草の上に落ちると、やがて動かなくなった。司教がおそるおそるそばへ寄って見ると――そいつは何と、筋が浮いて焼け焦げた巨大な蜘蛛の残骸ではないか！　火が次第に収まるにつれ、似たような恐ろしいものがさらに木の幹からとび出して来て、それらは灰色がかった毛におおわれているのが見えた。

秦皮の木は一日中燃えつづけ、倒れて粉々に崩れるまで男たちはそばで見守り、時々とび出して来る蜘蛛を殺した。しまいに、長い間何も出て来なかったので、一同は用心深く近寄り、木の根方を調べた。

「その木の下には」とキルモア司教は語る。「地中に丸い空洞があって、その中に、煙で窒息したとおぼしい、あの生き物の死骸が二つ三つ転がっていた。私にとってもっと奇妙に思われたのは、この穴の隅に、痩せた人間だか骸骨だかがうずくまっていたことだ。そいつの皮膚は干《ひ》からびて骨にひっついており、黒い髪の毛がいくらか残っていた。それを検《しら》べた人々が言うには、間違いなく女の死体で、死後五十年は経っているということだった」

# 十三号室

　ユトランド半島の町の中でも、ヴィボー[1]は当然のことながら高い地位を占めている。この町は司教管区の所在地で、小綺麗だがほとんど真新しい大聖堂、魅力的な庭園、いとも美しい湖があり、鸛《こうのとり》がたくさんいる。この町のそばにあるハル[2]はデンマークでもっとも綺麗なところの一つに数えられており、すぐ近所のフィネロプは一二八六年の聖セシリアの日[3]に、元帥《マースク》スティッグ[4]がエリック損貨王《グリッピング》[5]を殺した場所である。十七世紀に王の墓が発掘された時、エリック王の頭骸骨には、四角い頭のついた鎚矛《つちほこ》で殴った傷跡が五十六も発見された。だが、私は旅行案内書を書いているのではない。

　ヴィボーには良いホテルが何軒もある――「プライスラー」や「不死鳥《フェニックス》」は申し分のないところだ。しかし、私の従兄弟《いとこ》――これからお話しするのは彼の体験なのだが――はヴィボーを初めて訪れた時、「金獅子亭」に泊まった。それ以来このホテルへ行っていないが、以下のページをごらんになれば、理由もおわかりになるだろう。「金獅子亭」はこの町の建物のうちで、一七二六年の大火に焼かれなかった数少ない家の一つである。くだんの火事は大聖堂や、教区教会や、市庁舎や、その他多くの古く興味深いものを事実上壊滅させた。「金獅子亭」は大きな赤煉瓦の家である――すなわち、正面が煉瓦造りで、切妻屋根に甍段《いらかだん》(6)がついており、扉の上には聖書の句が記してある。だが、乗合い馬車が入って行く中庭の四面は、木と漆喰《しっくい》でつくった黒白の格子造りである。

従兄弟が戸口まで歩いて行った時、太陽はもう傾いて、光が家の堂々とした家表《やおもて》にまともに照《あ》たっていた。彼はこの場所の古風な様子が気に入り、こういう古いユ

---

(1) デンマーク中央部にある町。
(2) ヴィボーの南西にある地域。
(3) 十一月二十二日。
(4) スティッグ・アンデルセン・ヴィウー。デンマークの貴族。一二九三年没。マースク Marsk は元帥を意味するあだ名。
(5) デンマーク王エリック五世（一二四九～一二八六）。暗愚な王と言われ、「欠けた硬貨」を意味する「グリッピング」のあだ名をつけられた。
(6) 切妻屋根の左右が階段状になっている造りを言う。

トランドの典型のような宿屋なら、申し分なく楽しい日々が過ごせると期待したのだった。

アンダーソン氏がヴィボーへ来たのは、通常の意味でいう仕事のためではない。彼はデンマーク教会史の研究に従事しており、ヴィボーの記録文書館には、この国に於けるローマ・カトリック教会の末期に関する記録が、火災を免れて残っていることを知った。そこで、彼は相当の時間を――おそらく二、三週間もかかるだろうか――費やし、そうした記録文書を調べて写しを取ろうと思った。「金獅子亭」なら、寝室にも書斎にも使える広さの部屋があると期待したのだった。宿の亭主にその旨《むね》を説明すると、主人はあれこれ考えた末、広い部屋を一つ二つお客様御自身でごらんになって、お選びになるのが一番でしょうと言った。それは良い考えに思われた。

最上階はすぐに断《ことわ》った。一日仕事をしたあとに、長い階段を登るのはしんどいからだ。三階には必要な広さの部屋がなかった。だが二階には、大きさに関する限り恰《かっ》好《こう》な部屋が二つ三つあった。

亭主は十七号室を強く推したが、その部屋の窓からは隣家ののっぺりした壁が見えるばかりで、午後は非常に暗くなるだろうとアンダーソン氏は指摘した。十二号室か十四号室の方が良いだろう。どちらも街路《とおり》に面しているし、その分うるさいかも知れないが、明るい夕方の光と綺麗な眺めがそれを埋め合わせて余りある。

結局、選んだのは十二号室だった。両隣の部屋と同様、その部屋には窓が三つ、すべて同じ側についていた。天井がかなり高く、異常に細長かった。もちろん暖炉はなかったが、ストーブは立派で、やや古めかしかった——鋳鉄製で、わきにイサクを犠牲にしようとするアブラハムが描いてあり、「1 Bog Mose, Cap. 22」(7)という文字が上に刻んであった。部屋にはほかに目立つものはなかった。ただ一つの興味をそそる絵は、この町を描いた古い彩色版画で、一八二〇年頃のものだった。

夕食の時間が近づいていたが、アンダーソンがいつものように沐浴し、すっきりした気分で階段を下りて行った時には、鈴《りん》が鳴るまでにまだ数分の余裕があった。彼はその間に同宿の客のリストをつらつらと見た。デンマークでは普通そうだが、宿泊客の名前が大きな黒板に段分け行分けして書き出してあり、それぞれの行の頭に部屋の

(7)「モーセ五書の一、二二章」を意味する。すなわち「創世記」第二二章のことで、アブラハムがエホバに試され、息子のイサクを犠牲にしようとするくだりがある。

番号が記されていた。リストはさほど面白いものではなかった。弁護士、すなわちデンマーク語でいうサウフューアが一人、ドイツ人が一人、コペンハーゲンから来た行商人が数人いた。気になるのは、部屋の中に十三号室がないことだけだったが、アンダーソンはデンマークのホテルを泊まり歩いて、こういう例をすでに五、六回も見ていた。十三という数を忌《い》むのはよくあることだが、部屋に十三号の札をつけるのが難しいほど一般に広まった強い禁忌《タブー》なのだろうか？ そう思って、宿の主人に訊いてみることにした。あなたや御同業の方は、十三号室に泊まることを拒むお客に大勢出会ったことがあるのですか、と。

夕食の席について語るべきことは何もなく（私は従兄弟から聞いたままをお話ししているのである）、その晩は荷物を解《ほど》いたり、服や、本や、書類を整理したりして、これといった事は起こらなかった。十一時頃寝ることにしたが、この男は——当節大勢の人がそうだけれども——活字を二、三ページ読まないと眠れない癖がついていて、しかも、汽車の中で読んでいた本、今はそれだけが彼を満足させる本は大外套のポケットに入っており、大外套は食堂の外の釘に掛けてあるのだった。

階下《した》へ駆け下りて取って来るのはわけもないことで、廊下はけして暗くないから、帰り道で迷子《まいご》になる気遣いもあるまい。少なくとも、彼はそう思っていた。ところが、戻って来て扉の取手を回しても、扉はいっかな開こうとせず、部屋の中から急いでこちらへ近づいて来る音が聞こえた。もちろん、扉を間違えたのだ。自分の部屋は右側だろうか、左側だろうか？　彼は番号をチラと見た。十三号だった。してみると、自分の部屋は左側にあるはずで、事実その通りだった。寝床に入ってしばらく経ち、本をいつものように三、四ページ読み、明かりを吹き消し、寝返りをうって眠ろうとした時、彼はふとこんなことを思った——黒板に十三号室は書いてなかったのに、このホテルには疑いなく十三号と番号を打たれた部屋がある。それを自分の部屋に選ばなかったのは少し残念だ。そこに泊まれば、ささやかながら宿の主人に協力出来たかもしれない。生まれ育ちの良い英国紳士があの部屋に三週間泊まって、非常に気に入っていた、と人に言うチャンスを与えられたかもしれない。だが、たぶん、あそこは使用人の部屋か何かに使われているのだろう。どっちみち、彼の部屋ほど広くも快適でもない可能性が高い。彼はうとうとしながら部屋の中を見まわした。街燈の薄ら明かりで室内はかなり良く見えた。奇妙な効果だな、と彼は思った。部屋は普通、明るい時よりも薄暗い時の方が広く見えるものだが、この部屋は長さが縮まり、それに比例して天井が高くなったように見える。いや、いや！　そんな他愛《たあい》のないことを考えているより、眠る方が大事だ――彼は眠りに落ちた。

到着した翌日《あくるひ》、アンダーソンはヴィボーの記録文書館を攻略した。デンマークのことだから親切に迎えられて、見たい物はなるべく簡単に見られるように取り計《はか》らってもらった。目の前に積まれた文書は予想よりもはるかに多く、興味深かった。公文書のほかに、当地の司教管区を預かった最後のローマ・カトリック司教、ヤン・フリース[8]に関連する手紙の大きな束があり、この中には、私生活や個人の性格に関する、いわゆる「内輪の」面白い話がたくさん出て来た。司教が所有していたが、住んではいなかった家が町に一軒あり、そのことがいろいろ取り沙汰されていた。そこの借家人はどうも世間に物議を醸《かも》す男で、改革派にとって邪魔者だったらしい。あいつはこの町の恥だとかれらは書いていた――邪悪な秘密の術を行い、人間の敵に魂を売ったのだ。司教があのような毒蛇にして血を吸う妖術師《トロルマン》を庇護し匿《かくま》っているのは、バビロン教会[9]のけしからぬ腐敗迷信と同根のものである、と。司教はこうした非難に敢然と立ち向かった。秘密の術のごときは自分も忌み嫌うと公言し、この一件を然《しか》るべき法廷――もちろん、宗教裁判所――に訴え、とことん究明することを敵対者たちに要求した。もしも彼が非公式に主張されている罪の一つでも犯した証拠が示されるなら、自分は誰よりも進んで、ニコラス・フランケン師を断罪するものであると。

記録文書館がその日はもう閉まってしまうので、アンダーソンはプロテスタントの指導者ラスムス・ニールセンの次の手紙にざっと目を通すことしか出来なかったが、全体の主旨はつかんだ。それは、今日のキリスト教徒はもはやローマの司教の決定などに縛られておらず、司教裁判所はかくも重大な事案を裁くのにふさわしい有能な法廷ではないし、そうあるはずもないということだった。

文書館を後にする時、アンダーソン氏はそこを取り仕切る老紳士と同行した。歩いているうちに、話は自然と、たった今お話しした記録文書のことになった。ヴィボーの公文書保管人スカヴェニウス氏は、管理する文書全体について非常に良く知っていたが、宗教改革時代の文書の専門家ではなかった。彼はアンダーソンがし

---

（8）ローマ・カトリックの聖職者（一四九三？～一五四七）。一五二二年から一五三六年までヴィボー司教を勤めた。
（9）ローマ・カトリック教会のことを貶《けな》して、このように言う。

た話にいたく興味をおぼえた。アンダーソン氏がその内容を盛り込むと語った書物の刊行を、非常に楽しみにしていると言った。「このフリース司教の家ですがね」と彼は言い足した。「どこにあったのか、私には大きな謎なんです。古いヴィボーの地誌を良く調べてみましたが、不幸なことに——一五六〇年につくられた司教所有地の古い土地台帳は大部分文書館にあるのですが、町の所有地の一覧が載っている部分だけ欠落しておるのです。まあ、いい。きっといつか見つけ出してやりますぞ」

多少運動をしたあと——どこでどう過ごしたかは忘れた——アンダーソンは「金獅子亭」へ帰った。夕食、ペイシェンス(10)、就寝。自分の部屋へ行く途中、彼はふと思い出した——そういえば、黒板の表に十三号室が省かれていたことについて、亭主と話すのを忘れていた。しかし、その話を持ち出す前に、十三号室が実際に存在するのをたしかめた方が良いぞ。

結論はすぐに出た。まごう方《かた》なく十三号と番号の振ってある扉があり、室内では何かの作業が行われているらしい。アンダーソンが扉に近づくと、中から足音と何人かの——いや、一人だろうか——声が聞こえて来たからである。番号をたしかめようとして、ほんの数秒立ちどまっている間に、足音は熄《や》んだ。扉のすぐそばまで来ているらしく、ひどく興奮しているような、ゼイゼイというせわしい息づかいが聞こえたので、彼は少しびっくりした。通り過ぎて自分の部屋へ行くと、またしても驚いた。部屋が、昨日ここを選んだ時よりもずっと小さく見えたからだ。少しがっかりしたが、少しだけだった。もし本当に手狭《てぜま》だったら、べつの部屋に変えてもらうのは容易だろう。ところで、その時、彼は何かを――私の記憶ではハンカチを――旅行鞄から出したかったのだが、鞄はボーイが不適切にも、ベッドから遠い壁際にある架台《うま》だか足載せ台だかの上に置いて行ったのだった。ここに何とも奇妙なことがあった。旅行鞄が見あたらないのだ。おせっかいな使用人がよそへ動かしてしまった。きっと、鞄の中身は衣装簞笥に入れてあるのだろう。いや、簞笥には何もない。忌々しいな。盗まれたという考えはすぐに捨てた。そんなことは、デンマークではめったに起こらないが、何か間抜けな不手際があったにちがいなく（そういうことはさほど珍しくない）、女中《ストゥーピー》に言っておかねばならない。要る物が何だったにしろ、朝まで待てないほど彼の安楽にとって必要ではなかったので、呼鈴を鳴らして使用人を起こすのはやめにし

(10) トランプの一人遊びの一種。

た。彼は窓辺に寄り——右手の窓だった——外の静かな街路《とおり》をながめた。向かい側には高い建物があり、窓のない壁が大きく広がっていた。通行人はいない。闇夜だ。見えるものはほとんどなかった。

明かりが背後にあったので、向かいの壁に自分の影がはっきり映っていた。それに、左の十一号室にいる顎髭を生やした男の影も——その男は一度か二度、ワイシャツ姿で行ったり来たりし、初めは髪を梳《と》かしていたが、やがて寝巻き姿になった。また右側の十三号室の客の影も見えた。こちらの方が興味深いかもしれない。十三号室さんは、アンダーソンと同じように窓枠に肘をついて身をのり出し、街路をながめていた。背の高い痩せた男のようだった——それとも、もしかすると女だろうか?——ともかく、その男か女は、寝る前にある種の布を頭からかぶっていた。そして、ランプに赤い笠をかけているらしい——そのランプの焔はひどく揺れているにちがいない。向かいの壁に映った鈍い赤い光がはっきりと上下に踊っていたからだ。アンダーソンはその人物の姿がもっと良く見えないかと思って、頸《くび》を少し伸ばしたけれども、窓枠の上に何か明るい色の、たぶん白い布地が折り重なっている以外は何も見えなかった。

その時、街路を遠くからやって来る足音がして、それが近づいて来ると、十三号室氏は自分が丸見えなのに気づいたらしい。窓からサッと引っ込み、赤い光も消えたからである。紙巻煙草を吸っていたアンダーソンは、煙草の吸いさしを窓枠に置いて、寝床に入った。

翌朝、彼はお湯や何かを持って来た女中《ストゥーピー》に起こされた。気持ちを奮《ふる》い立たせて正しいデンマーク語を考えたあと、できるだけきっぱりと言った。

「旅行鞄を勝手に動かしては困るね。どこに置いてあるんだ？」

珍しいことではないが、メイドは笑って、はっきり返事もせずに行ってしまった。アンダーソンは小腹が立ち、女中を呼び戻そうとベッドの上に起き直ったが、そのままま っすぐ前を見つめていた。架台《うま》の上に旅行鞄があったのだ——最初宿に着いた時、ボーイが置くのを見たその場所に。日頃正確な観察眼を自慢している男にとって、これは不意の衝撃だった。昨夜はどうして見逃したのか、さっぱり理解出来なかった。ともかく、鞄は今そこにある。

朝の陽射しが見せたのは鞄だけではなかった。窓が三ついているその部屋の本当の広さがわかり、自分の選択はやはり悪くなかったと宿泊客を満足させた。身形《みなり》を大方整えると、彼は三つの窓のうちの真ん中の窓に寄って、外の天気を見ようとした。

もう一つの衝撃が待ち受けていた。昨夜は妙にうっかりしていたにちがいない。寝る前、右手の窓のところで煙草を吸ったことは十ぺん断言しても良かったが、今見ると、ここに、真ん中の窓枠に煙草の吸いさしがあったのだ。

彼は朝食をとりに階下《した》へ下りようとした。少し時間が遅かったが、十三号室はもっと遅く、扉の外にまだ深靴が置いてあった――紳士用の深靴だ。してみると、十三号室は女ではなく男なのだ。ちょうどその時、扉の番号に目が留まった。十四号だった。十三号室を気づかずに通り過ぎてしまったのだと思った。十二時間のうちに三つも愚かな勘違いをするというのは、正確を重んずる几帳面な人間にとって言語道断だったから、たしかめに引き返した。十四号室の隣は十二号室、彼自身の部屋だ。十三号室など、ないのだ。

アンダーソンは沈思に耽って、過去二十四時間に飲み食いしたあらゆる物のことを数分間じっくり検討したのち、この問題を考えるのをやめた。もしも自分の目や脳味噌がイカレて来たのなら、この先それをたしかめる機会はいくらでもあるだろう。もしもそうでないなら、自分は明らかにすこぶる興味深い体験をしているのである。いずれにしろ、事のなりゆきを見守った方が良さそうだ。

日中は司教の書簡を調べつづけたが、そのあらましはすでに示した通りである。残念なことに、書簡は不完全だった。ニコラス・フランケン師の一件に言及した手紙はほかに一通しかなかった。それはヤン・フリース司教がラスムス・ニールセンに宛てた手紙で、こう書いてあった。

「我々は我々の法廷に関する貴兄の判断にいささかも賛同するものにあらずして、必要とあらば徹頭徹尾対抗する用意これあり候。されど、我々の信頼し愛するニコラス・フランケン師――貴兄は彼に対し、悪意に充《み》てる誹謗をし来《きた》りしが――は突如この世にあらずなりし故、一件の落着せんことは自明に候。しかはあれど、貴兄は使徒にして福音書の著者なる聖ヨハネが、めでたき黙示録に於いて〝緋《ひ》の女〟(11)なる扮装と象徴の下に聖なるローマ教会を描きたりと言ひ張り候えば、貴兄に知らしめたきことこれあり」云々。

(11)「黙示録」第一七章に登場する女怪。プロテスタント側はこれをローマ教会の象徴と解した。「女は紫色《むらさき》と緋《ひ》とを著《き》、金・寶石《はうせき》・眞珠にて身を飾り、手には憎むべきものと己《おの》が淫行の汚《けがれ》とにて満ちたる金《きん》の酒杯《さかづき》を持ち、額には記されたる名あり。曰く『奥義《おくぎ》大《おほい》なるバビロン、地の淫婦らと憎むべき者との母』」

アンダーソンがいくら探してみても、この手紙の続きは見つからず、戦の原因《カースス・ベッリー》であった人物が「あらずなりし」理由やいきさつに関する手がかりもなかった。フランケンは急死したと想像するしかなかったし、ニールセンの最後の手紙の日付——フランケンはその時、明らかにまだ生きていた——と司教の手紙の日付がたった二日しか違わないことからして、まったく不慮の最期だったはずである。

午後、彼はハルへちょっと行って、ベーグルンでお茶を飲んだ。しかし、神経が昂《たか》ぶっていたにもかかわらず、その朝の経験から恐れていたような、眼や頭脳の衰えを示す兆候は何もなかった。

夕食の時、彼はたまたま宿の亭主の隣に坐った。

「この国で泊まるたいていのホテルでは」彼は世間話をしばらくしたあとに、切り出した。「十三という数が部屋のリストから除かれていますが、なぜなんでしょう？　こちらにもありませんね」

亭主は愉快そうな顔をした。

「そんなことにお気づきになるとはねえ！　じつを申しますと、私も一度か二度考えたことがあるんです。教育のある人間は、こんな迷信に用はないと私はいつも言っております。私はここヴィボーの中等学校に通いましたが、私たちの老先生はその種のことに断固反対するお方でした。もう亡くなって何年にもなります――立派な、正直な方で、頭だけでなく手も達者でした。今でも憶えていますが、私ら生徒は、ある雪の日に――」

彼はここで回想に耽った。

「それじゃ、十三号室があっても、とくに差《さ》し障《さわ》りはないとお考えなんですね？」とアンダーソンは言った。

「ええ！ その通りですとも。私は親父にこの仕事を仕込まれましてね。親父は初めオーフス(12)でホテルをやっていたんですが、そのあと私どもが生まれると、このヴィボーへ移りました。ここが親父の生まれ故郷なんです。それで、死ぬまでここで『不死鳥《フェニックス》』(13)ホテルをやっておりました。死んだのは一八七六年です。私はそれからシルケボーで商売を始めまして、この家へ移って来たのは、つい一昨年《おととし》のことなんです

（12）ユトランド半島東部の都市。
（13）ユトランド半島中央部の都市。

よ」

それから、ここを引き継いだ当時の家の様子や景気について、さらに詳しい話が始まった。

「ここへ来られた時、十三号室はありましたか？」

「いいえ。今それをお話ししようとしていたところです。ごらんの通り、こういう土地で、私どもがお世話するお客様はおおむね商人階級——旅商人なんです。そういう人を十三号室に泊まらせる？　とんでもない、あの人たちは往来で寝た方がましだと言うでしょう。私自身といたしましては、自分の部屋の番号が何番だろうと、これっぽっちも気にしませんし、お客様にもよくそう申し上げるんですが、みなさん、十三号は縁起が悪いという考えを変えません。あの人たちの間では、いろんな話が伝わっておりますよ。十三号室に泊まったら、それっきり別人のようになってしまったとか、大事なお顧客《とくい》をなくしたとか——ああだこうだと」亭主はもっと巧い言い回しを探した末に、そう言った。

「そんなら、おたくの十三号室は何に使うんです？」アンダーソンはそう言いながら、些細なことを訊くにしては妙な不安を感じていた。

「うちの十三号室？　この家にそんなものはないと申し上げてるじゃありませんか。お気づきかと思いましたがね。もしも十三号室があったら、あなたのお部屋の隣になるでしょうな」

「ええ、そうです。ただ私がふと思ったのは――つまりですね、昨夜、あの廊下で十三号という番号のついた扉を見たような気がしたんです。本当に、見間違いじゃなかったはずです。一昨日《おととい》の晩も見たんですから」

案の定、クリステンセン氏はこの話を一笑に付し、当ホテルに十三号室は存在しないし、自分が来る以前にもなかったと重ねて断言した。

亭主がそうはっきり言うので、アンダーソンはある意味でホッとしたが、それでもまだ腑《ふ》に落ちないため、こんなことを考えはじめた――あれが本当に幻覚だったかどうかをたしかめる最善の方法は、あとで亭主を部屋へ招いて、一緒に葉巻でも吸うことだ。イギリスの町の写真を持って来ているから、それを見せたいと言えば十分な口実になるだろう。

お招きいただいて光栄です、喜んで参りますよとクリステンセン氏は言った。十時頃来ることになったが、その前にアンダーソンは手紙を何通か書かなければいけないので、いったん部屋へ退《さが》った。彼はこのことを告白する時、顔を赤らめたくらいだが、否定できない事実として、十三号室が存在するかどうかという問題がすっかり神経に障《さわ》っていた。そのために、十一号室の方から自分の部屋へ近づいたのだ——例の扉の前、あるいはそれがあるべき場所の前を通らなくても良いように。部屋に入ると、素早く、不審そうにあたりを見まわしたが、懸念《けねん》すべきものは何もなく、ただ部屋がいつもより狭くなったような、何とも言えない感じがしただけだった。今夜は旅行鞄があるなしの問題はなかった。鞄は中身を出して、ベッドの下に突っ込んでおいたからだ。彼はつとめて十三号室のことを念頭から追い払い、椅子に腰かけて手紙を書きはじめた。

まわりの部屋はまずまず静かだった。時折廊下で扉が開いて、靴が投げ出されたり、行商人が鼻歌を歌いながら歩き過ぎたりした。建物の外では時々、荷車がひどい砂利道をゴロゴロ音を立てて通ったり、板石を敷いた歩道を誰かが足早に走り去ったりした。

アンダーソンは手紙を書き終えるとウイスキー・ソーダを注文して、それから窓辺に寄り、窓のない向かいの壁とそこに映る影を見ていた。

彼の憶えている限りでは、十四号室に泊まっているのは堅物《かたぶつ》の弁護士で、食事の時もろくに口を利《き》かず、たいてい皿のわきに小さな書類の束を置いて読んでいた。しかし、この男は一人になると元気を発散する習慣があるらしい。さもなければ、なぜ踊りをおどっているのだ？　隣室から映る影は明らかに彼が踊っていることを示していた。ほっそりした姿が幾度となく窓を横切り、両腕を振って、痩せこけた脚を驚くほど敏捷に蹴り上げた。裸足のようで、床には厚い敷物が敷いてあるにちがいない。動きまわる物音は少しも聞こえなかった。アンデルス・イェンセン弁護士殿が夜の十時にホテルの寝室で踊りをおどる姿は、荘重体の歴史画向きの題材に思われた。アンダーソンの思いは、『ユドルフォの秘密』(14)のエミリーの思いと同じように、「自《おの》ずから次のような詩行の形を取り」はじめた――

夜の十時に

(14)『ユドルフォの秘密』(一七九四)はアン・ラドクリフのゴシック小説。主人公のエミリー・サントーベールは、物語の重要な局面でしばしば詩を詠《よ》み始める。

ホテルへ戻りゃ、
ボーイに病気と思われる。
なに、そんなことかまやせぬ。
部屋の扉に鍵を掛け、
靴を廊下に出したなら、
踊れや踊れ、朝までも。
隣の客が怒ろうと、
もっと踊りを踊るだけ、
法に明るい我なれば、
いくら文句を言われても、
平気な顔で嘲笑《あざわら》う。

この時、亭主が扉を叩かなかったら、相当に長い詩を読者にお目にかけることが出来たろう。部屋に入って来た時の驚いた表情からすると、クリステンセン氏はアンダーソンと同様、何か異様なものを見て動揺しているようだったが、何も言わなかった。アンダーソンの写真は大いに彼の興味をそそり、それをきっかけに、あれやこれやの思い出話になった。どうすれば話を肝腎の十三号室の方へ持ってゆけるかわからなかったが、そのうち、隣の弁護士が歌を歌いはじめた。しかも、ぐでんぐでんに酔っているか、狂っているとしか思えない歌い方だった。聞こえて来たのは甲高く細い声で、カサカサに乾いており、まるで長い間喉を使わなかったのかと思われる。言葉も節まわしも出鱈目《でたらめ》だった。その声は驚くほど高く舞い上がると、うつろな煙突に吹き込む冬の風か、送風が急に止まったオルガンのような絶望の呻《うめ》きとともに落ち込んだ。本当に恐ろしい声で、アンダーソンは自分がもし一人きりだったら、逃げ場と一緒にいる相手を求めて、近くの行商人の部屋へ駆け込んだろう、と思った。

宿の主人はぽかんと口を開《あ》いて、坐っていた。

「私には理解できません」しまいに額の汗を拭いながら言った。「こりゃアひどい。以前《まえ》にも一度聞いたことがありますが、その時はてっきり猫が騒いでるんだと思いました」

「あの男は狂ってるんでしょうか?」とアンダーソンは言った。

「そうにちがいありませんな。だが、何という悲しいことでしょう！　良いお客様ですし、聞くところでは、お仕事も上手く行ってるんだそうです。それに、小さいお子さんがいらっしゃるのに」

ちょうどその時、苛立たしげに扉をドンドン叩く音がして、叩いた人間は返事も待たずに入って来た。それはくだんの弁護士だったが、服もちゃんと着ないで髪の毛をふり乱し、非常に怒っている様子だった。

「すみませんが、どうかやめていただきたいのだが——」

と言って、言葉を切った。目の前にいる二人のどちらも騒いでなどいないことは明らかだったからである。やかましい声はしばらく静まったのちに、またぞろ前よりも大きくなった。

「しかし、一体全体、どういうことなんだ？」と弁護士は怒鳴った。「どこで騒いでいるんだろう？　誰なんだ？　俺は気が変になったのか？」

「イェンセンさん、あれはたしかに隣のあなたの部屋から聞こえて来るんですよ。煙突に猫か何かが入り込んでいませんか？」

アンダーソンはそう言うのが精一杯だったが、言いながら、無意味な言葉だと自分でもわかっていた。だが、何でも良かったのだ——ただ突っ立ってあの恐ろしい声を聞きながら、亭主の真っ青な大きい顔を見ているよりは、ましだ。亭主は汗をかき、震えながら、椅子の腕をつかんでいた。

「あり得ない」と弁護士は言った。「あり得んことだ。煙突など、ない。私がここへ来たのは、てっきりここで音を立てていると思ったからです。間違いなく隣の部屋でしたから」

「あなたの部屋と私の部屋の間に、扉がありませんでしたか？」アンダーソンはさも大事なことのように訊いた。

「いいや」イェンセン氏は少しぶっきら棒にこたえた。「少なくとも、今朝はありませんでしたな」

「ああ！」とアンダーソン。「今夜もですか？」

「さあ、どうでしょう」弁護士はいくぶんためらいながら言った。

隣部屋の叫び声だか歌声だかは急に熄み、歌い手は独りでクックッ笑っているようだった。三人の男はそれを聞いて、ゾッとした。やがて、沈黙が訪れた。

「さて」と弁護士は言った。「クリステンセンさん、どう説明なさいます？　これはどういうことなんです？」

「いやはや！」とクリステンセンは言った。「私にわかるものですか！　お二方と御同様、何も知らんのですよ。あんな声は二度と聞かずに済むことを祈ります」

「私もです」イェンセン氏はそう言って、小声で何か言い足した。詩篇の終わりの文句、「なべての霊は主を讃め称ふべし omnis spiritus laudet Dominum」[15]のようだとアンダーソンは思ったが、自信はなかった。

「しかし、何とかしなければいけませんよ」とアンダーソンは言った――「三人で、隣の部屋へ調べに行きませんか？」

「でも、そこはイェンセンさんのお部屋です」亭主は泣きそうな声を出した。「無駄です。イェンセンさんはそこから来られたんですから」

「さあ、どうですかな」とイェンセンが言った。「この方の言う通りだと思います。見に行きましょう」

その場で調達できる護身用の武器はステッキと雨傘だけだった。探検隊は廊下に出たが、震えていなかったわけではない。部屋の外は死んだように静まり返っていたが、隣室の扉の下から明かりが洩れていた。アンダーソンとイェンセンが扉に近づいた。後者が取手を回し、いきなり強く押した。駄目だ。扉はビクともしなかった。

「クリステンセンさん」とイェンセンが言った。「この家《うち》で一番力の強い使用人を連れて来てくれませんか？　こいつはとことんやってみなきゃいけません」

亭主はうなずき、現場から離れられるのを喜んで、そそくさと立ち去った。イェンセンとアンダーソンは外に立ったまま扉を見ていた。

「たしかに十三号室です。ごらんなさい」とアンダーソンが言った。

「そうですな。あなたの部屋の扉もあるし、私の部屋の扉もある」とイェンセンは言った。

「私の部屋は、昼の間は窓が三つあるんです」アンダーソンが神経質な笑いを何とか押し殺して、言った。

「何ですって、私の部屋もですよ！」弁護士はふり返ってアンダーソンを見た。背中が扉に向いた。その瞬間扉が開き、一本の腕がニュッと突き出て、彼の肩につかみかかった。腕は黄色味をおびたぼろぼろの亜麻布をまとっており、剝き出しの肌が見えるところには長い灰色の毛が生えていた。

(15)「詩篇」第一五〇篇六節。ジェイムズの引いたラテン文に従って訳す。

アンダーソンは嫌悪と恐怖の叫びを上げ、すんでのところで、イェンセンをこちらへ引っ張った。すると扉はふたたび閉まり、低い笑い声が聞こえた。

イェンセンは何も見なかったが、いかに危なかったかをアンダーソンが急いで話すと、非常な興奮状態に陥り、こんな冒険はやめて、どちらかの部屋に立て籠《こも》ろうと言い出した。

しかし、そう提案している間に、亭主が二人の屈強な男を連れて来た。みんなしかつめらしく、不安そうな顔をしていた。イェンセンはどっとしゃべりはじめて今し方のことを説明したが、その言葉は、けして闘う勇気を奮い立てるものではなかった。

使用人たちは持って来た鉄梃子《かなてこ》を放り出し、悪魔の穴で喉を掻っ切られるのは御免です、とはっきり言った。亭主は惨めなほどオロオロして、どうしたら良いか決断がつかなかった。この危険に立ち向かわなければ、ホテルはおしまいだということはわかっていたが、自分自身で立ち向かうのは厭《いや》だったのだ。幸い、アンダーソンは軍勢の士気を回復させる方法を思いついた。

「これが」と彼は言った。「噂に聞くデンマーク人の勇気なんですか？　あの部屋にいるのはドイツ人じゃありませんよ。(16)たとえそうだとしても、五対一じゃありませんか」

二人の使用人とイェンセンはこれに刺激されて行動に走り、扉めがけて突進した。

「お待ちなさい！」とアンダーソン。「慌てちゃいけません。御主人、あなたは明かりを持って、ここにいて下さい。それで君達二人のうちのどちらかが扉を破るんだ。だが、扉が開いても、中に入ってはいけないぞ」

男たちはうなずき、若い方が進み出て鉄梃子をふり上げると、扉の上の羽目板に凄まじい一撃を加えた。結果は、誰もまったく予期しなかったものだった。板が割れたり裂けたりすることはなく――頑丈な壁を打ったような鈍い音がしただけだった。男は叫び声を上げて道具を取り落とし、肘をさすった。悲鳴を聞いて、一同の視線はいっとき彼に集まったが、やがてアンダーソンはまた扉を見た。扉は消えていた。廊下の漆喰の壁が彼を正面から睨《にら》みつけており、鉄梃子で打った場所には大きな傷ができていた。十三号室は消滅してしまったのである。

(16) デンマークは度々ドイツと戦争している。一八六四年にはドイツ（プロイセン）軍に大敗し、一時ヴィボーの街も占領された。

一同はしばし身動きもせずに、のっぺりした壁を凝視《みつめ》ていた。下の中庭で一番鶏が鳴くのが聞こえた。アンダーソンが鳴き声のする方に目をやると、長い廊下の突きあたりの窓から、東空が夜明けに向かって白《しら》んでゆくのが見えた。

＊　＊　＊　＊　＊

「きっと」と亭主はためらいながら言った。「お二方、今夜はほかの部屋がよろしいでしょうな——ベッド二つの部屋が？」

イェンセンもアンダーソンも異存はなかった。あの体験の謎を二人で追いたかったからだ。一人が今夜必要な物を取りに自分の部屋へ行く時、もう一人がついて行って、蠟燭をかざしていると便利だった。かれらは十二号室も十四号室も、窓が三つあることに気づいた。

翌朝、同じ面々がふたたび十二号室に集まった。亭主は当然、部外者の助けを借りることは避けたかったが、建物のこの部分にまつわる謎を解くことは急務だった。そこで、二人の使用人が言いふくめられて大工の役を引き受けた。家具が取り除かれ、たくさんの板が修復もできないほど傷《いた》むという代価を払って、十四号室に近い部分の床が剝がされた。

読者はさだめし骸骨が——たとえば、ニコラス・フランケン師の骨が——発見されたとお思いだろう。そうではなかった。床板を支えている横木の間にあったのは、小さい銅の箱だった。中には、きちんと折りたたんだ羊皮紙の文書が入っていて、二十行ほど文字が書いてあった。アンダーソンもイェンセンも(彼は中々の古文書《こもんじょ》学者であることがわかった)、発見にいたく興奮した。あの異様な現象を解き明かす鍵となりそうだったからである。

＊　＊　＊　＊

私は一度も読んだことのない占星術の著作を持っている。その本には口絵として、テーブルを囲む大勢の賢人を描いた、ハンス・ゼバルト・ベーハム(17)の木版画がついている。これだけ言えば、斯方《しほう》に明るい人には何という本かおわかりだろう。私自身は書名を思い出せないし、今は手元にないのだが、見返し一杯に書き込みがあり、本を入手してからもう十年になるが、その書き込みは右から読むのか左から読むのかもわからず、ましてや何語かは見当もつかない。銅の箱に入っていた文書を長々と調べた末、アンダーソンとイェンセンが立ち到った状態も、これと似たようなものだった。二日間ためつすがめつ見ていた末に、二人のうちでも大胆なイェンセンは、その言語がラテン語か古いデンマーク語のどちらかだという当て推量をした。

アンダーソンは敢えて憶測を立てず、博物館に入れてもらうべく、箱と羊皮紙をヴィボーの歴史協会に喜んで譲り渡した。

私はそれから二、三ヵ月後に彼からこの話を聞いたのである。その時、私たちはウプサラの図書館を訪れたあと、近くの森で腰かけていた。私たちは——というより私は——ダニエル・サルテニウス(18)(後年、ケーニヒスベルク大学のヘブライ語の教授になった)がサタンに魂を売る契約をした話をして笑っていた。アンダーソンはあまり面白がっていなかった。

「馬鹿な青二才だ!」彼はサルテニウスについて、そう言った。サルテニウスは無分別な真似をした時、まだ大学生だったのである。「自分が御機嫌を取っている相手が一体どんな奴か、わかりもしないのに」

私が月並な意見を述べると、彼はぶつぶつ言っただけだった。そして同じ日の午後、これまで申し上げた話を私に聞かせたのである。だが、そこから何らかの結論を引き出すことも、私が彼に代わって出した結論に同意することも拒んだのだった。

(17) ドイツの版画家(一五〇〇～一五五〇)。

(18) ケーニヒスベルク大学の神学教授(一七〇一～一七五〇)。彼は肉体と魂を与える代わりに底のない金貨の袋をくれという手紙を悪魔に宛てて血で認《したた》め、樫の木の下に置いたという。

# マグヌス伯爵

　これからする物語はある資料に基づいてまとめたのだが、その資料が手に入ったいきさつは、以下のページをお読みになれば、最後に明らかになろう。しかし、掻いつまんだ話をする前置として、私が持っている文書の体裁を述べなければなるまい。

　その一部分は、四〇年代から五〇年代にかけてよく出版されたような旅行記を書くために蒐《あつ》めた資料である。ホレス・マリヤットの『ユトランド半島及びデンマーク諸島滞在記(1)』などが、その種の本の典型だ。こうした書物は通常、どこか大陸の知られざる地方を扱っていた。木版画や銅版画の挿絵が入っていた。ホテルの設備や交通の便など、今日我々が行きとどいた旅行案内書に期待するようなことが載っており、知的な外国人や、撥剌《はつらつ》とした宿の亭主、話し好きな農民との会話と称するものをたっぷり盛り込んでいた。要するに、おしゃべりな本であった。

　私の資料はそうした本の材料として書き始められたのだが、先へ進むにつれて、一個人の経験の記録という性格を帯びてゆき、記録は、ほとんどその経験が終わる直前まで続いていた。

著者はラクソール氏という人物だった。彼に関する私の知識は、もっぱら彼の書いた物からわかる範囲に限られているのだが、それから察するに、中年を越した男で、多少の財産を持ち、天涯孤独の身の上だったと思われる。英国に定まった家を持たず、ホテルや下宿に住居《すまい》していたらしい。いずれはどこかに落ち着くつもりだったのかもしれないが、その時が来ることはなかった。私の思うに、七〇年代初めに起こったパンテクニコンの火事(2)によって、彼の来歴を知る手がかりとなったはずのものが大方《おおかた》焼失してしまったにちがいない。というのも、彼は一度か二度、くだんの建物に保管してあった持ち物に言及しているからである。

(1) イギリスの旅行家・作家(一八一八〜一八八七)。フランス、イタリア、デンマーク、スウェーデンを旅した。ここに挙げられた本の正確な題名は『ユトランド半島、デンマーク諸島、及びコペンハーゲン滞在記』(一八六〇)。

(2) ロンドンのモットカム街にあった建物で、画廊、家具店、乗り物を売る店があり、建物の半分は倉庫で、家具などを預かっていた。一八三〇年頃開業。一八七四年、火事に遭《あ》った。

さらに明らかなことは、ラクソール氏が本を一冊出版し、その本は彼がかつてブルターニュで過ごした休暇を題材にしたものだということである。この著作について、それ以上のことは言えない。書誌の類《たぐい》を熱心に調べた結果、匿名か仮名で出たはずだという確信を得たからである。

彼の人となりについて、表面を掻《か》い撫でることは難しくない。知識人で教養があったことは間違いない。オックスフォードの彼のいた学寮――ブレイズノーズの特別研究員になれそうだったことが、大学要覧から察せられる。彼の癒《いや》しがたい欠点ははっきりしていて、あまりにも穿鑿《せんさく》好きなことだった。旅行者にとっては良い欠点かもしれないが、この旅行者はそれ故に結局高い代償を支払ったのだ。

最後の遠出となった旅に出た時、彼はもう一冊の本を構想していた。四十年前の英国人にはあまり知られていなかった北欧が、彼には面白い分野に思われたのだ。彼はたまたまスウェーデンの古い歴史書か回想録を見つけたにちがいない。スウェーデンの旅を描いて、この国の名家の歴史から拾い集めた逸話を織り交ぜる、そういう本なら出せるだろうと思いついた。そこで、スウェーデンの名士達への紹介状を手に入れ、一八六三年の初夏、彼の地《か》へ向かった。

北方での旅についても、ストックホルムに滞在した数週間についても、語る必要はあるまい。ただ申し上げねばならないのは、当地在住の物知りに教えられて、ある重要な古文書の存在を知ったことだ。それはヴェステルイェートランド地方にある古い荘園邸宅の持主が所有しており、くだんの物知りは彼のために閲覧《えつらん》の許可を取ってくれた。

問題の荘園邸宅、スウェーデン語でいうヘルガルドは、Råbäck（ローベックのように発音する）と呼ぶことにしよう――ただし、これは実名ではない。その種のものとしては国内でも最良の建築の一つで、ダリエンボリ(3)の『スウェーデン今昔』に、一六九四年に彫られたこの家の版画が載っているが、それとほぼ変わらぬ姿を今日の観光客も見ることができる。この家は一六〇〇年よりも少しあとに建てられ、大まかに言うと、建材――赤煉瓦と石の化粧面《けしょうおもて》――の点でも、様式の点でも、同時期のイング

(3) ジェイムズは Dahlenberg としているが、Dahlberg が正しい。スウェーデンの軍人・図工だったダールベリ伯爵エリック・ヨンソン（一六二五～一七〇三）のこと。『スウェーデン今昔』（一六六〇～一七一六）はスウェーデン各地を描いた版画集。

ランドの家に良く似ている。これを建てた人間は名門ド・ラ・ガルディー家の公達《きんだち》で、子孫が今も家を所有している。今後、この一家に言及する必要がある時は、ド・ラ・ガルディーという名で呼ぼうと思う。

かれらはラクソール氏を至極丁重《しごく》に歓待《もてな》し、調査が終わるまでずっと家に滞在してくれと言った。しかし、彼は自由でいたかったし、スウェーデン語の会話に自信がなかったので、村の宿屋に泊まり込んだ。そこは、少なくとも夏の間は、まことに居心地の良い宿であった。さて、そうなると、毎日お屋敷への行き帰りに一マイル近く歩かなければならない。家自体は邸園《パーク》の中にあり、大きな古い木々に護られていた――というよりも、木々とともに生い育ったと言うべきだろう。家のそばに塀で囲った庭があり、その先へ行くと、こんもりとした森になった。森は、この地方のいたるところにある小さな湖の一つを取り巻いていた。さらに行くと地境《じざかい》の塀があらわれ、道は円い小山の急斜面を登って行く――これは土に浅く蔽われた岩山である――その頂上に、暗い亭々《ていてい》たる樹木に囲まれた教会が建っている。それは英国人の目には風変わりな建物に映った。身廊と側廊は天井が低く、信徒席と桟敷に占められている。西側の桟敷に立派な古いオルガンがあり、これは鮮やかな色を塗られ、銀色のパイプがついていた。天井は平らで、十七世紀の画家が奇妙な、見るも恐ろしい「最後の審判」の絵で飾っている。そこには毒々しい色の焔や崩れる街々、燃える船、泣き叫ぶ人々、ニヤニヤ笑う茶色の悪魔たちが一面に描かれている。天井からは見事な造りの真鍮《しんちゅう》の栄冠燈《コローナ》(4)が下がっている。説教壇はまるで人形の家のようで、彩色した小さい木製のケルビム像や聖者の像におおわれている。三つの砂時計を載せた台が説教師の机に蝶番《ちょうつがい》でつながれている。こうした光景は今もスウェーデンの多くの教会に見られるかもしれないが、この教会の特徴は、本来の建物に建て増しされた部分にあった。荘園邸宅の建造主は、北の側廊の東の端に自分と家族のための霊廟を建立したのである。それはかなり大きい八角形の建物で、一連の長円形の窓で明かりを取り、屋根は丸屋根で、その上に南瓜《かぼちゃ》のような形をした物がのっており、先がとがって尖塔となっている。スウェーデンの建築家が非常に好んだ形である。屋根には銅板を葺《ふ》いて黒く塗ってあるが、壁は教会の壁と同様、目を瞠《みは》るばかりに白い。この霊廟には、教会からは入れなかった。専用の入口と段が北側についていた。

(4) 小さい蠟燭を挿し、祭などの時これに点火する円形の燭架《あかりつり》。

教会の境内を過ぎると、小径は村へ通じていて、三、四分と経たないうちに宿屋の玄関口に着く。

ローベック滞在の初日、ラクソール氏は教会の扉が開いているのを見て、私が右にあらましを述べた内部の様子を書き留めた。しかし、霊廟には入れなかった。鍵穴から中を覗くと、立派な大理石像と銅の棺があり、紋章の装飾がふんだんに施されていることが見て取れたので、これはぜひ時間をかけて調べたいと思った。

彼が見に来た荘園邸宅の古文書は、まさしく本の材料にうってつけのものだった。一族の手紙のやりとりや日誌、この地所の最初期の所有者たちの帳簿があって、いずれも入念に保存され、文字も明瞭で、面白く風趣のある内容に満ちていた。そうした資料からうかがわれる初代ド・ラ・ガルディーは剛毅で有能な男のようだった。邸を建てた直後に、この地方は一時飢饉に見舞われ、農民が蜂起していくつもの城を襲い、損害を及ぼした。ローベックの主《あるじ》は騒動を鎮圧するにあたって指導的な役割を果たし、首謀者を処刑したり、容赦なく厳罰を科したりしたことが記されている。

このマグヌス・ド・ラ・ガルディーの肖像画は屋敷にある最良の肖像の一つで、ラクソール氏は一日の仕事が終わったあと、少なからぬ興味をもってそれを見た。どんな絵だったか詳しくは書いていないが、けだし、その顔は美しさや善良さよりも力強さで彼に感銘を与えたようだ。実際、マグヌス伯爵は稀《まれ》に見るほどの醜男《ぶおとこ》だったと彼は記している。

この日、ラクソール氏はお屋敷の家族と夕食をとり、夜が更けてもなお明るい空の下を歩いて宿へ帰った。

「教会の霊廟に」と彼は書いている。「入れてもらえるかどうか、忘れないで寺男に訊かなければいけない。明らかに、あの男は出入りできるようだ。今夜、彼が入口の段に立って、扉に鍵を掛けるか外すかしているところを見たから」

翌朝早く、ラクソール氏は宿の亭主と話をした。そのやりとりを長々と記しているので、私は初め驚いたが、考えてみると、私が読んでいた原稿は、少なくとも初めの方は、彼が書こうと思った本の材料であり、その本はいろいろな会話が出て来てもかまわない、半ば新聞雑誌的な読み物となるはずだったのである。

彼によると、話をした目的は、マグヌス・ド・ラ・ガルディー伯爵にまつわる言い伝えが、この紳士の活動した場所に残っているかどうか、民衆の彼への評価が好意的であるかどうかを探ることだった。伯爵はけっして好かれていないことがわかった。

彼が荘園の殿様だった頃、小作人が仕事に遅れて来ると、木馬の拷問にかけられたり、邸の中庭で鞭打たれたり、烙印を押されたりした。殿様の領地に食い込んでいる土地に住んでいた人間の家が、冬の夜、不審火にあって、家族もろとも焼けてしまうといった事件も一、二度あった。だが、何よりも宿の亭主の心から離れないらしいのは――彼は一再ならずその話題に戻ったからだが――伯爵が〝黒の巡礼〟に行って何かを、あるいは誰かを連れて来たということだった。

読者も当然、ラクソール氏と同様に、〝黒の巡礼〟とは何かとお尋ねになりたいだろう。だが、この点について好奇心を満たすことは、しばらくお待ちいただかなければならない。ラクソール氏もそうだった。亭主は明らかにこの点について十分な答を、いや、いかなる答もしたくないそぶりで、誰かがちょっと呼んだのを幸いに、そそくさと出て行ってしまい、二、三分すると戸口に顔を出して、スカーラ[5]へ行く用事があるから、晩まで戻りませんと言った。

それで、ラクソール氏は満たされぬまま、お邸へその日の仕事をしに行かねばならなかった。その時調べていた文書は、すぐに彼の考えをべつの方向に向けさせた。というのも、ストックホルムのソフィア・アルベルティーナとローベックにいた既婚の従姉妹ウルリーカ・レオノーラが、一七〇五年から一七一〇年にわたって交わした書簡に目を通さねばならなかったからである。これらの手紙は、当時のスウェーデン文化を明らかにする点で、またとなく興味深いものだったが、そのことは、スウェーデン歴史資料委員会が出版した完本をお読みになった方なら、どなたも保証出来るであろう。

午後になると、彼は書簡を見終えてしまい、それがしまってあった箱を棚に戻したあと、当然のことながら、そのそばにある書物を何冊か取り下ろして、翌日は主にどれを調べるかを決めようとした。彼がたまたま覗いた棚に並んでいたのは、おおむね初代マグヌス伯爵がつけた帳簿だった。しかし、そのうちの一冊は帳簿ではなく、錬金術や何かに関する小冊子をまとめたもので、十六世紀のべつの人物が書いたとおぼしい筆跡だった。ラクソール氏は錬金術の文献にあまり詳しくないため、よけいな紙数を費して、種々の論著の題名や冒頭部分を書き出している。『不死鳥の書』『三十語録』『蟾蜍《ひきがえる》の書』『ミリアムの書』『賢者の集会』(6)等々。それから、彼はその本の真ん

(5)ヴェストラ・イェータランド県の町。

中辺の、もともと空白だったページに、『黒の巡礼の書』と題するマグヌス伯爵自身の書き込みを発見した喜びを詳細に語る。書いてあるのはほんの二、三行にすぎなかったが、その朝宿の亭主が口にしたことは、少なくともマグヌス伯爵の時代からあった信仰であり、おそらく伯爵も信じていたことを示すに足る内容だった。以下はその文章の英訳である――

「何人《なんびと》か長命を望まば、忠実なる使者を得、敵の血を見ることを望まば、まずコラジンの街へ行き、そこにて……宰《つかさ》に拝礼すべし……」宰という字の前の一語が消してあったが、綺麗に消えていなかったので、aëris（空中の）(7)と読めば良いのだとラクソール氏は確信した。しかし、写してある文章はそれだけで、最後にラテン語でこう書いてあった――「Quære reliqua hujus materiei inter secretiora」（この余の事はさらに秘められたる物のうちに探し見よ）。

これが伯爵の嗜好《しこう》や信条にいささか不気味な光を投げかけたことは否定出来ない。しかし、彼から三世紀近くも時代が隔たっているラクソール氏にとっては、伯爵が持ち前の剛健さに錬金術を、そして錬金術に何か魔術めいたものを加えていたかもしれないと考えると、彼がますます面白い人物に思われて来るのだった。ラクソール氏は広間にかかっている伯爵の肖像画をやや長いこと見入ったあとで帰途についたが、頭はマグヌス伯爵のことで一杯だった。まわりの景色も目に入らず、夕暮の森の匂いも、湖に映る夕光も感じなかった。そして、ふと立ちどまった時、彼はすでに教会の境内の門前におり、もう二、三分すれば夕食であることに気づいて、愕然《がくぜん》とした。彼の目は霊廟にとまった。

「ああ」と彼は言った。「マグヌス伯爵、あなたはそこにおられるんですな。ぜひお目にかかりたいものです」

「孤独な人間はえてしてそうだが」とラクソール氏は記している。「私には独り言を言う癖がある。ギリシア語やラテン語のある種の小辞(8)とはちがって、私は返事を期待

(6) ラテン語で書かれた錬金術の書。原著は九〇〇年頃にアラビア語で書かれたものと言われる。

(7) 参照、「エペソ人への書」第二章一―二節。「汝ら前《さき》には咎《とが》と罪とによりて死にたる者にして、この世の習慣《ならはし》に従ひ、空中の権を執《と》る宰《つかさ》、すなはち不従順の子らの中《うち》に今なほ働く霊の宰《つかさ》にしたがひて歩めり」

(8) ラテン語の「-ne」のような疑問小辞を言うのだろう。

しない。たしかに、そしてこの場合はおそらく幸いに、声もしなければ見ている者もいなかった。ただ、教会を掃除していたらしい女が何か金属製の物を床に落とし、それがカチャンと鳴って、私を驚かせただけだった。マグヌス伯爵は安らかに眠っているのだろう」

その晩、宿の亭主は、ラクソール氏が教区の牧師か執事（スウェーデンではそのように呼ぶのだろう）に会いたいと言っていたので、宿の談話室で役僧に紹介した。ド・ラ・ガルディー家の霊廟を翌日訪れる段取りがさっそく決まり、そのあとしばらく四方山《よもやま》話がつづいた。

ラクソール氏は、北欧の執事の職務の一つが堅信礼の志願者に手ほどきすることであるのを思い出して、聖書のある個所に関する記憶をたしかめようと思った。

「コラジンのことを何か教えて下さいませんか」と彼は言った。

執事はギョッとしたようだったが、その村がかつて異端として非難されたことを[9]さっそく彼に思い出させた。

「たしかに、そうです」とラクソール氏は言った。「そこは、今はまったく廃墟になっているんでしょうね？」

「そう思います」と執事はこたえた。「年老《としと》った司祭さんたちが、そこで反キリスト(10)が生まれると言うのを聞いたことがあります。それに、いろいろな話が——」

「ほう！　どんな話なんです？」ラクソール氏が口を挟んだ。

「話がありましたが、忘れてしまったと申し上げようとしたのです」執事はそう言って、まもなく暇《いとま》を告げた。

今は宿の亭主一人となり、ラクソール氏のなすがままだった。そして、この問訊者《もんじんしゃ》は遠慮も会釈もなかった。

「ニールセンさん」と彼は言った。「私は〝黒の巡礼〟について、多少調べたんです。あなたも御存知のことを教えてくださっても良いでしょう。伯爵は一体何を連れ帰っ

(9)　参照、「マタイ伝」第一一章二〇—二二節。「爰《ここ》にイエス多くの能力《ちから》ある業《わざ》を行ひ給《たま》へる町々の悔改《くいあらた》めぬによりて、之《これ》を責めはじめ給ふ、『禍害《わざはひ》なる哉《かな》コラジンよ、禍害《わざはひ》なる哉《かな》ベツサイダよ、汝《なんぢ》らの中《うち》にて行ひたる能力《ちから》ある業《わざ》を、ツロとシドンとにて行ひしならば、彼らは早く荒布《あらぬの》を著《き》、灰の中《なか》にて悔改《くいあらた》めしならん。されば汝らに告ぐ、審判《さばき》の日にはツロとシドンとのかた汝等《なんぢら》よりも耐へ易《やす》からん。』」
(10)　キリスト再臨の前に現われると預言されたキリストの敵。

たんです?」

スウェーデン人は習慣として返事をするのが遅いのかもしれないし、この亭主だけがそうだったのかもしれない。その辺はわからないが、ラクソール氏の記すところによると、亭主は何も言わずに少なくとも一分間、彼をじっと見ていたそうである。それから、お客のそばへ寄り、ひどく言いにくそうに話しはじめた。

「ラクソールさん、私には一つささやかな話ができるだけで――それ以上は何も申せません。話が済んだら、何もおたずねになっちゃいけませんぜ。私の祖父の時代――もう九十二年も前です――二人の男がこんなことを言いました。『伯爵はもう死んだんだ。かまうこたアねえ。今夜伯爵の森へ行って、好きなだけ猟をしようぜ』――伯爵の森というのは、あなたもごらんになったでしょうが、ローベック邸のうしろにある丘の上の細長い森のことです。さて、これを聞いた連中は言いました。『駄目だ、行くんじゃねえ。おめえら、きっと、歩いちゃいけねえ連中が歩いてるのに出っくわすぞ。安らかに眠っていなきゃなんねえ、歩いちゃいけねえ奴らによ』ところが、男たちは笑いました。あそこには森番はいない。誰もあそこに住みたがらないからだ。伯爵の一家もあの家にはいない。だから、したい放題のことができるはずだと。

さて、二人はその夜森へ行ったんです。祖父はこの部屋の、ちょうどここに坐っていました。夏で、空の明るい晩でした。窓が開け放しになっていたんで、祖父には外の森が見えましたし、物音も聞こえました。

祖父はそうして坐っていて、二、三人の男が一緒で、みんな耳を澄ましていました。初めのうちは何も聞こえませんでしたが、そのうち、誰かが——森はここからどれだけ離れているか御存知でしょう——誰かが悲鳴を上げるのが聞こえました。まるで魂の一番奥がもぎ取られるような声でした。部屋にいた連中は、みんなお互いに抱き合って、四十五分もそのまま坐っていました。すると、ほんの三百エル(11)くらいしか離れていないところで、誰かべつの人間の声がしました。大声でゲラゲラ笑ってるんです。笑ったのはあの二人のうちのどちらでもなく、実際、人間の声じゃなかったとみんな言っております。そのあと、大きな扉の閉まる音が聞こえました。

それで、お日様が昇るとすぐに、みんなは司祭さんのところへ行って、言いました。『司祭さん、法服と襞襟《ひだえり》をつけて、あいつらを葬りに来てください。アンデシュ・

(11) 昔の長さの単位。イングランドでは四十五インチ、スコットランドでは三十七インチ。

ビョルンションとハンス・トルビョルンです』

　おわかりでしょうが、みんなは二人が死んじまったとばかり思っていたんです。それで、森へ行ってみました——祖父はこの時のことをけして忘れませんでした。祖父が言うには、みんな、自分の方が死人みたいな顔をしていたそうです。司祭さんも恐ろしくて真っ蒼になっていました。みんながやって来た時、司祭さんは言いました。『夜のうちに叫び声が一ぺん聞こえたよ。そのあと、笑い声が一ぺん聞こえた。あれを忘れないことには、もう二度と眠れんだろうよ』

　さて、森へ行ってみると、森の外れであの二人を見つけました。ハンス・トルビョルンは木の幹に背中をあてて立ったまま、ずっと両手で押していました——何かありもしないものを押し返そうとしていたんです。だから、死んじゃいませんでした。みんなは奴をニューシェーピング[12]の家へ連れて行って、彼奴《あいつ》は冬が来る前に死にましたが、ずっと両手で押しつづけていました。それから、アンデシュ・ビョルンションもそこにいましたが、死んでいました。アンデシュ・ビョルンションについちゃア、このことを申し上げておきます。奴はかつては男前でしたが、今は顔がなくなっていました。顔の肉が骨からしゃぶり取られていたんです。おわかりですか？　祖父はそれを忘れられませんでした。みんなは持ってきた棺台《ひつぎだい》に奴をのせて、顔に布をかけて、司祭さんが前を歩きました。そして、死人のために一生懸命讃美歌を歌いはじめました。そうやって、最初の一節の終わりまで歌った時、棺台の頭の方を持っていた男が転んで、ほかの連中はふり返りました。すると、布がずり落ちて、被うものがなくなったんで、アンデシュ・ビョルンションの眼がジロリと見上げていたんです。これにはみんなたまりませんでした。ですから、司祭さんがまた布をかけ直して、鋤《すき》を取って来させると、その場所に奴を埋めたんです」

翌日、ラクソール氏は、朝食後まもなく執事が迎えに来て、教会と霊廟に連れて行ってくれたと記している。彼は霊廟の鍵が説教壇のわきの釘にかかっていることに気づいて、ふと思った――教会の扉はふだん鍵をかけていないようだから、興味深いものがたくさんあって一度では消化できなかったら、一人でまた見に来ることも難しくあるまい、と。建物に入ってみると、中々堂々たるものだった。記念碑は主に十七世紀と十八世紀の大作だったが、華美であっても威厳があり、墓碑銘や紋章がふんだ

(12) スウェーデン南部セーデルマンランド県の都市。

んに刻まれていた。円天井を戴いた部屋の中央の空間は、三つの銅の棺に占められていて、棺は精巧な彫刻に飾られていた。棺のうちの二つは、デンマークやスウェーデンでよく見られるように、蓋に大きな金属製の磔刑像《たっけいぞう》がついていた。三番目の棺はマグヌス伯爵のそれらしかったが、磔刑像の代わりに等身大の像が刻まれており、縁《へり》に装飾の帯金が何本もついていて、そこにさまざまな情景が描いてあった。その一つは戦《いくさ》の場面で、煙を吐く大砲や、城壁をめぐらした町や、槍兵の軍勢が見える。もう一つは処刑の場面だ。第三の情景では、森の中を一人の男が髪をなびかせ、両手をひろげて、がむしゃらに走っている。そのあとを奇妙な形をしたものが追いかけている。彫り師がそれを人間のつもりで彫ったが上手く行かなかったのか、それとも、意図して怪物じみた格好にしたのかは、何とも判断がつかない。その図のほかの部分を描いた腕前からすると、ラクソール氏は後者の考えを採りたい気がした。そのものはいやに背が低く、身体の大部分を頭巾のついた衣につつんでいて、裾《すそ》が地面を引き摺《ず》っている。その衣から突き出している唯一の部分は、手にも腕にも似ていない。ラクソール氏はそれを蛸《たこ》の足にたとえて、さらにこう述べる。「これを見た時、私はつぶやいた。『これは明らかに一種の寓意図――魔物が魂を狩り立てる図――だ。してみると、マグヌス伯爵と謎めいた連れの物語はここから生まれたのかもしれない。狩人がどんな風に描かれているか見てみよう。きっと、悪魔が角笛を吹いているんだろう』」だが、実際に見ると、そのようなおどろおどろしい姿はなかった。ただ、小さい丘の上にマントを着た男らしい者が立っていて、杖に寄りかかり、狩りの様子を興味深げに見守っている。彫刻師は、男の姿勢によって、その心持ちを表わそうとしていた。ラクソール氏は精巧な造りの、どっしりした鋼鉄の南京錠が——数は三つ——棺を守っていることに気づいた。そのうちの一つは外れて、敷石の床に落ちていた。彼は執事をこれ以上引き留めたくなかったし、仕事の時間を無駄にしたくもなかったので、やがてお邸の方に向かった。

「奇妙なことだが」と彼は記している。「通い慣れた径《みち》を何度も歩いていると、考え事が心を専有して、周囲の事物を完全に追いやってしまうものである。今夜、これで二度目になるが、私は自分がどこへ向かっているかまったく気づかず（じつは、独りで霊廟に墓碑銘を写しに行くつもりだった）、ふと我に返ると、（その前と同じように）教会の境内の門から中へ入ろうとしており、こんな言葉を歌うか口誦《くちず》さむかしていたと思う——『目醒めているのか、マグヌス伯爵？ 眠っているのか、マグヌス伯爵?』それからまた何か言ったが、その言葉は憶えていない。しばらくの間、こんな馬鹿げた振舞いをしていたようである」

彼は霊廟の鍵を思った通りの場所に見つけ、写したいものを大部分筆写した。実際、暗くなって字が読めなくなるまで、そこにいたのだった。

「私は」と彼は記している。「伯爵の棺の南京錠が一つ外れていたと言ったが、それは間違いだった。今夜見ると、二つ外れている。二つとも拾って、掛け直そうとしたが上手くゆかず、窓枠の上に注意深く置いた。残る一つはまだしっかりと掛かっており、発条《ばね》錠だと思うのだが、どうやって開けるのかわからない。それを外すことができたら、勝手に棺を開けていたのではないかと思う。このいささか兇悪で恐ろしい昔の貴族の人となりに、こんなにも興味を感ずるとは奇妙である」

翌日は、ラクソール氏がローベックに滞在する最後の日となった。投資に関する手紙を受け取り、その件で英国に帰らねばならなくなったのである。古文書の調査は事実上済んでいたし、旅には時間がかかる。それで、人々に別れを言い、覚え書きの仕上げをして出立《しゅったつ》することに決めた。

こうした仕上げや挨拶には、思いのほか時間《ひま》がかかった。もてなしの良いお邸の家族は、ぜひとも食事をしてゆけと言ってきかないので——正餐は三時だった——ローベックの鉄の門を出た時は、もう六時半になろうとしていた。彼は一歩一歩感懐《かんかい》に耽りながら湖のほとりを歩いた——そこを歩くのも最後だから、この時と場所の風情をしみじみ味わっておこうと思ったのだ。やがて、教会のある小山の天辺に来ると、長いことそこにとどまり、水に溶いたような緑の空の下に、遠近《おちこち》の森が黒々と果てしなく広がる眺望《ながめ》を見入っていた。ついに引き返そうとした時、ふと思いついた——ド・ラ・ガルディー家のほかの人々と同様、マグヌス伯爵にも別れを言わなければいかんな、と。教会まではほんの二十ヤードしか離れていないし、霊廟の鍵がある場所も知っている。ほどなく彼は大きな銅の棺の前に立ち、いつものように独り言を言っていた。「あなたは生きていた時は少し悪党だったかもしれないが、マグヌス伯爵、それでも、あなたに会ってみたい。いや、それより——」

「まさにその瞬間」と彼は言う。「何かが足にぶつかったのを感じた。足を急いで引っ込めると、何かがガチャンと音を立てて、敷石の床に落ちた。それは棺を閉ざしていた三つの南京錠の三つ目、最後の一つだった。私は拾おうとして屈《かが》み込んだ。すると——私がまぎれもない真実のみを書いていることは、天が証人である——身体を起こす前に、金属の蝶番《ちょうつがい》がギイッと軋《きし》って、蓋が上がるのをはっきりと見た。私の振舞いは臆病者のようだったかもしれないが、もういっときもそこにはいられなかった。言葉に書くより短い時間で——口で言うのと同じくらい速く——あの恐ろしい建物からとび出したが、それよりも恐ろしいのは、霊廟の鍵を掛けられなかったことだ。ここ私の部屋に坐って、こうした事実を書き留めている今も（あれからまだ二十分と経っていない）、金属が軋るあの音はずっと続いていたのだろうかと自問するが、どちらだかわからない。わかるのはただ、これまで書いたことのほかにも恐ろしいものがあったということだが、それが音だったのか、この目で見たものだったのかは思い出せない。私は何をしてしまったのだろう？」

可哀想なラクソール氏！　彼は予定通り、翌日英国に向かって旅立ち、無事帰国した。しかし、変わり果てた筆跡と辻褄《つじつま》の合わぬ殴り書きから察するに、身も心もボロボロになっていたのである。私はこの草稿とともに五、六冊の小さい手帳を手に入れたが、その一つに、彼の体験の謎を解く鍵とは言わないまでも、それを暗示するようなことが書いてある。彼の旅路はおおむね運河船による船旅だったが、同船した客を六回以上も数え上げて、その様子を記している。書き込みはこういったものである。

二四。スコーネ県の村の牧師。普通の黒い上着と黒のソフト帽。

二五。ストックホルムからトロヘッタンへ行く旅商人。黒い上着。茶色の帽子。

二六。長い黒のマントを羽織《はお》り、鍔広《つばびろ》の帽子をかぶった男。非常に古風な扮装《いでたち》なり。

この最後の項目は線を引いて消してあり、注意書きがしてある——「おそらく、十三番と同一人か、未《いま》だ顔を見ず」。十三番という項目を見ると、法衣《カソック》を着たローマ・カトリックの司祭である。

人数を計算すると、最終結果はつねに同じである。二十八人が勘定に入っていて、一人はつねに長い黒のマントと鍔広の帽子を身につけた男であり、もう一人は「暗色のマントと頭巾をまとった小男」である。一方、食事の席には二十六人の乗客しか現われず、マントを着た男はたぶんいない、小男はたしかにいないといつも記してある。

英国に着いた時、ラクソール氏はハリッジに上陸するや否や、一人ないし複数の人物の手がとどかない場所へ逃れようと決心したようである。それがどういう人物かは書いていないが、自分を追いまわしていると思ったのだ。そこで、鉄道では安心出来ないから、ある乗物——屋根つきの馬車——に乗って、ベルチャンプ・セント・ポール(13)の村まで田舎道を行った。村のそばまで来たのは、八月の月の明るい夜の九時頃だった。彼は前の席に坐り、野や茂みが通り過ぎるのを——ほかに見る物もないので——窓からながめていた。と、突然十字路にさしかかった。道の角に、二人の男がじっと身動きもせずに立っていた。二人とも黒ずんだマントを着て、背の高い方は帽子を、低い方は頭巾を被っていた。顔を見るひまはなかったし、向こうもこれという身動きはしなかった。しかし、馬がひどく怯《おび》えて全速力で走り出し、ラクソール氏は絶望のようなものを感じて、座席に沈み込んだ。その二人は前にも見ていたのだ。

ベルチャンプ・セント・ポールに着くと、幸い家具つきの立派な宿が見つかり、次の二十四時間は比較的平穏に過ごした。最後の覚え書きはこの日に書かれたのである。あまりにも支離滅裂で、絶叫するような調子であるため、ここに全文を書き写すのはやめておくが、要旨はかなりはっきりしている。彼は追っ手が訪ねて来るのを待ち受けている——いつ、どのようにして来るかはわからない——そして、始終口にする叫びは、「自分は何をしてしまったのだ？」「希望はないのか？」ということである。医者に相談すれば狂っていると言われるだろうし、警察官は笑うだろう。牧師さんは不在である。扉に鍵を掛け、神に向かって叫ぶ以外、自分に何が出来よう？

ベルチャンプ・セント・ポールの村人は、何年も前の八月の晩に見知らぬ紳士が来たことを、去年になってもまだ憶えていた。紳士は翌々日の朝、死体となって見つかり、死因審問が行われた。死体を見た陪審員のうち七人が失神し、どんなものを見たかは誰一人言おうとしなかった。評決は神罰だった。宿を営んでいた人たちはその週のうちに引っ越し、よその地方へ行った。人々はこうしたことを忘れていなかったけれども、この事件の謎が少しでも解明されたとか、その可能性があるということは聞いていないようである。たまたま昨年、問題の小さな家は遺産の一部として私のものになった。家は一八六三年からずっと空家で、今後借り手がつきそうにもなかったか

(13) エセックス州の村。

ら、取り壊した。これまでその内容を掻《か》いつまんでお話しした書類は、一番良い寝室の窓の下にあって忘れられていた戸棚から出て来たのである。

「若者よ、口笛吹かばわれ行かん」

「全学期終わりましたから、もうじきどこかへお出かけになるんでしょう、教授」この物語には関係のない人物が存在学[1]の教授にそう言ったのは、セント・ジェイムズ学寮のもてなしの良い大食堂で行われる宴で、二人が隣り合わせに坐ったすぐあとだった。

教授は若く、小ざっぱりした身形《みなり》をしており、言葉遣いも折目正しかった。

「ええ。友人たちに勧められて、今学期からゴルフを始めましてね。それで、東海岸へ――もっとはっきり言うと、バーンストウへ――（あの場所は御存知でしょうが）一週間か十日ばかり行って、腕を磨くつもりなんです。明日には発《た》とうと思っています」

「何だい、パーキンズ」斜向かいの席にいる男が言った。「バーンストウへ行くなら、聖堂騎士団[2]の本営があったところを見て来て欲しいな。それで、夏にあそこを掘ったら何か出て来そうかどうか、君の考えを聞かせてもらいたい」

お祭しの通り、こう言ったのは古物研究家だが、話の枕に出て来るだけだから、名前や肩書を申し上げる必要はあるまい。

「いいとも」とパーキンズ教授は言った。「どの辺にあるか言ってくれれば、帰って来てから、様子をできるだけ説明してあげよう。君のいそうな場所を教えてくれれば、手紙に書いても良い」

「そんなお手間をかけるには及ばないよ。ただね、夏休みにあの方面へ家族連れで行こうかと思ってるんだ。イギリスの聖堂騎士団の本営は、今までちゃんと見取り図を作られたことがあまりないから、休みの間に有益なことをする機会があるかもしれないと思いついたのさ」

聖堂騎士団の本営の見取り図を作ることが有益だという考えを、教授は鼻先であし

---

（1）原語は Ontography で、ジェイムズの造語。Ontology（存在論）ではないことに注意。

（2）第一回十字軍のあとの一一一九年、聖地への巡礼を保護し、異教徒を防ぐために組織された。ソロモンの聖堂があったとされるエルサレムの丘に本部があったことから、この名がある。ヨーロッパ中に勢力を張ったが、十四世紀に異端として弾圧された。本営と訳した preceptory は、礼拝堂などがあったこの騎士団の拠点をいう。

らった。近くの席の男は語りつづけた。

「その敷地は――地面の上に何か出ているかどうか疑わしいが――今は浜のすぐそばになってるはずだ。知っての通り、あのあたりの海岸は浸食が激しいからね。地図で見ると、町の北外れにある『地球亭』から四分の三マイルくらいのところにあるにちがいない。君はどこに泊まるんだい？」

「じつは、その『地球亭』なんだ」とパーキンズは言った。「部屋を取ってあるんだ。よそはどこも空《あ》いてなかったんだよ。下宿屋は、冬はたいてい閉まっているようだね。泊まれる部屋は広さも何も選べなくて、ただ一間《ひとま》しかない。ベッドが二つ入っている部屋で、もう一つのベッドをしまっておく場所もない、なんて言うのさ。でも、僕には相当広い部屋が必要なんだ。本を持って行って、あちらで少し仕事をするつもりだからね。しばらく書斎になると言ってもいいところに、空いてるベッドがあるのは好きじゃないし――二つなら、なおさらだが――あそこにいる短い間だけなら、不便を忍べると思うんだ」

「部屋に余分のベッドが一台あるのを、不便だというのかね、パーキンズ？」向かいの席の豪傑風の男が言った。「そうか、そんなら僕が行って、しばらくそのベッドを使おう。君の話相手にもなれるだろう」

教授はゾッと身震いしたが、何とかこらえて慇懃《いんぎん》に笑った。

「そりゃあ、ロジャーズ、願ってもないことだがね。しかし、君が行っても少し退屈すると思うよ。君、ゴルフはしないんだろう?」

「有難いことにね!」と無作法なロジャーズ氏は言った。

「でもね、僕は書き物をしていない時は、たいていゴルフ場に行っているだろうから、さっきも言ったが、君には少々退屈じゃないかと思うんだ」

「いや、そうとも限らんさ! あすこならきっと誰か知り合いがいる。だが、もちろん、来て欲しくなければそう言いたまえ、パーキンズ。腹を立てたりはしないから。君がいつも言ってるように、真実はけして人を怒らせるものではないからな」

実際、パーキンズ氏は小うるさいほどに礼儀正しく、真実を厳格に守る人間だった。ロジャーズ氏は時々、こういう彼の気性《きしょう》につけ込んでいたのではあるまいかと思われる。パーキンズの胸中には今葛藤が渦巻いており、しばらく返事も出来なかったが、少しすると言った。

「いや、正確な真実を言ってもらいたければ言うが、ロジャーズ、僕の言う部屋は、二人で泊まっても快適なほど広いかどうかを考えていたんだ。それに、（いいかね、君が問い詰めなければ、こんなことは言わないんだが）君が仕事の妨げになりはしないだろうか、とね」

ロジャーズは大声で笑った。

「良く言った、パーキンズ！　結構、仕事の邪魔はしないと約束する。その点は心配するな。いや、お呼びでないと言うなら、行かないがね。でも、僕がいれば幽霊が寄りつかないと思ったのさ」彼がここで隣席の者に向かって片目をつぶり、肘で小突くところを、その場にいれば見られただろう。パーキンズが赤くなるのも見られたかもしれない。「すまない、パーキンズ」ロジャーズは話をつづけた。「失言だったな。君はこういう問題で軽口を言うのが嫌いなのを忘れてたよ」

「うむ」とパーキンズは言った。「君が言った通り、いわゆる幽霊について、うかつなことは言いたくないとはっきり認めよう。僕のような立場にある人間は」彼は声を少し高くして、語りつづけた。「そういう事柄に関する俗信を認めるような振舞いは、心して避けなければいけない。知っての通り、ロジャーズ、いや、君は知ってるはずだ。僕は自分の見解を隠したことは一度もないからね――」

「うん、たしかにそうだ」ロジャーズが低声《こごえ》で口を挟んだ。「——そういうものが存在するという見解に譲歩するような真似は、僕にとっては、自分が大切に思うすべてのものを放棄するに等しいと心得ている。しかし、君は僕の話を注意して聞いていないね」

「わき目も、ふ、ら、ぬ、注意、というのが、ブリンバー博士が実際に言ったことだ」[*1]ロジャーズは本気で正確さを求めるようなふりをして、割り込んだ。「だが、失礼した、パーキンズ。話の腰を折ったな」

「いや、とんでもない」とパーキンズは言った。「僕はブリンバーという人を憶えていないがね。たぶん、僕が来る前の人なんだろう。だが、話をつづける必要はない。僕の言いたいことはわかっているはずだから」

「うん、うん」ロジャーズは少し早口に言った——「ごもっともだ。その話はバーン

＊1　ロジャーズ氏は間違っていた。『ドンビー父子商会』第十二章を見よ。[(3)]

（3）ブリンバーはディケンズの小説『ドンビー父子商会』の登場人物で、ポール・ドンビー少年が入る寄宿学校の所有者。ジェイムズの言う通り、「わき目もふらぬ注意」という台詞は出て来ない。

ストウかどこかでゆっくりしようじゃないか」

如上の対話を書き記すにあたって、私は自分が受けた印象を読者にも伝えようと試みた。すなわち、パーキンズにはどこか老婦人のようなところがある——おそらく、細かいことにこだわりすぎて、遺憾ながらユーモア感覚は皆無だが、その一方、信念に於いては不屈で誠実であり、大いに尊敬に値する人間だ。読者にそこまでおわかりいただけたかどうかはともかくとして、それがパーキンズの性格だった。

翌日、パーキンズは望み通り学寮から脱け出し、バーンストウに到着した。「地球亭」で歓迎を受け、話に出て来たベッド二つの広い部屋に無事落ち着いて、就寝前に、仕事の資料をゆったりしたテーブルの上にきちんと整頓することが出来た。そのテーブルは部屋の隅にあり、海を見晴らす窓に三方を囲まれていた。つまり、中央の窓がまっすぐ海を向いていて、左右の窓は、それぞれ北と南の海岸に臨んでいたのである。南側にはバーンストウの村が見えた。北側には家はなく、浜とそのうしろの低い崖が見えるだけだった。すぐ手前に、ぼうぼうの草が生えている細長い地面があって——大して広くはないが——古い錨《いかり》や揚錨機《ようびょうき》などがところどころに転がっている。それから広い道、それから浜辺になる。「地球亭」から海までの距離は、もとはどのくらいあったのか知らないが、今は六十ヤードそこそこしかない。

宿のほかの泊まり客はもちろんゴルフをする連中で、特筆に値するような人物はいなかった。たぶん一番目立っているのは退役軍人だったが、この人はロンドンのさるクラブの幹事で、信じられないほど力強い声と、顕著にプロテスタント的な意見の持主だった。そういう意見は、牧師さんのお勤めに出たあと語られる傾向があった。牧師さんは尊敬すべき人物だが、絵になる儀式を好む傾向があり、くだんの元軍人はイースト・アングリア(4)の伝統に対する敬意から、雄々しくもその傾向に歯止めをかけようとしていたのである。

パーキンズ教授は元気を身上としていたから、バーンストウに来た翌日は一日中、ウィルソン大佐を相手にゴルフの腕を磨いた。しかし、午後になると――腕の磨き方が不可《いけ》なかったのかどうかわからないが――大佐の様子があまりにも剣悪な色彩をおびて来たので、さしものパーキンズも、この人と一緒にゴルフ場から歩いて帰るのは

(4) サフォーク、ノーフォークを含む地方。

気が進まなかった。逆立った口髭と紅《くれない》に染まった顔をチラと盗み見たあと、彼は思った――夕食の時間が来れば、いやでもまた顔を合わせなければならないが、それまで、お茶と煙草の力に大佐をなだめてもらった方が得策だろう、と。

「今夜は浜辺づたいに歩いて帰っても良いだろう」と彼は思案した――「そうだ。それで――まだ十分明るいだろうから――ディズニーが話していた廃墟を一目見ておこう。もっとも、どこにあるのかはっきりとは知らないが、浜を歩いていれば、きっとぶつかるだろう」

彼は文字通りぶつかったと言って良かろう。ゴルフ場から小石の浜へテクテク歩いて行くうち、針金雀枝《はりえにしだ》の根っ子と大き目の石につまずいて、転んだのだ。起き上がって周囲を見まわすと、そこは凸凹《でこぼこ》した地面で、小さい窪《くぼ》みや塚がたくさんあった。塚というのは、よく調べてみると、モルタルでかためた燧石《ひうちいし》の塊を芝草がおおっているにすぎなかった。見て来ると約束した聖堂騎士団の遺跡はここにちがいない、と彼は正しい結論を下した。鋤《すき》で掘ってみれば、収穫がなくもなさそうだった。たぶん、それほど深くないところに土台が残っていて、全体の設計がかなり明らかになるだろう。この地所を有していた聖堂騎士団は円形の教会を建てる習慣があったことを、彼は何となく思い出し、自分のそばに連なっている瘤《こぶ》だか塚だかが何か丸い形に並んでいるように見えた。まるきり畑違いの分野で素人研究をやってみたいという誘惑に抵抗出来る人間は少ない――本腰を入れてかかれば成果を挙げたはずだ、と人に見せたいだけだとしても。我らが教授殿も多少はそういうつまらぬ欲を感じたかもしれないが、ディズニー氏の望みをかなえたいこともたしかだった。そこで、気がついた円形の区域を注意深く歩きまわり、大体の規模を手帳に書き留めた。それから、円の中心よりも東寄りにある長方形の高処《たかみ》を調べにかかったが、そこは台か祭壇の基部のように思われたのだ。その一方の端、すなわち北の端に、草の生えていない地面があった――少年《こども》か野獣《けだもの》がむしり取ったのだろう。ここの土を調べれば石組の名残《なご》りが出て来るかもしれないと思い、ナイフを出して、地面を削りはじめた。すると、また一つささやかな発見があった。搔いているうちに土の一部分が内側に崩れて、小さな空洞が現われたのだ。彼は次々とマッチを擦《す》り、どういう穴か覗《のぞ》いて見ようとしたが、風が強くてマッチは役に立たなかった。それでも、側面をナイフでコツコツ叩いたり、引っ搔いたりしてみると、石組に空《あ》けた人工的な穴にちがいないことが判明した。長方形で、側面も、上も、下も、漆喰で塗り固めてはいないかもしれないが、滑らかで、均整がとれていた。もちろん、中は空《から》っぽだった。いや、ちがうぞ！　ナイフを引き抜いた時、金属的なカチンという音が聞こえ、手を差し入れると、穴の底に何か円筒形の物体があった。当然のことながら、取り上げて外光の下にさらすと、あたりはもう刻々と暗くなって来たが、やはり人間が作ったものであることが見て取れた——金属製の筒で長さは四インチほど、相当古い時代のものらしかった。

この奇妙な隠し穴にほかに何も入っていないことをパーキンズがたしかめた頃には、もう時間も遅く、暗かったので、調査を続けることは思いも寄らなかった。しかし、これまでやってみたことは意外に面白かったから、明日ももう少し昼の光を考古学に捧げようと決めた。ポケットに今しまってある物は、少しは値打ちがあるにちがいないと感じていた。

宿へ帰る前に、もう一度だけ眺めた景色は物寂しく、壮厳だった。西空に残るかすかな黄色い光にゴルフ場が浮き上がって、クラブ・ハウスに向かって歩いて行く人影が今もポツポツと見える。ずんぐりした円形砲塔(5)があり、オールジー村の明かりがある。仄白《ほのじろ》い一条の砂浜が、ところどころで黒い木造の突堤と交差している。薄暗い、つぶやく海。風は北から強く吹きつけていたが、「地球亭」へ向かって歩きはじめた頃は、背後から吹いていた。彼は小石の間をジャリジャリ音を立てながら足早に走って行き、砂浜に出た。そこには突堤があって、二、三ヤードごとに乗り越えねばならなかったが、楽に静かに進むことが出来た。廃墟となった聖堂騎士団の教会をあとにしてから、どれくらい遠ざかっただろうと思って最後にうしろをふり返った時、道連れになりそうな人影が見えた。姿形はぼんやりしていて、一生懸命こちらに追いつこうとしているようだったが、ちっとも進まなかった。その動作《しぐさ》は走っているように見えたが、パーキンズとの距離はろくに縮まらなかったのである。少なくともパーキンズはそう思い、見知らぬ人間にちがいないから、追いつくのを待っているのも馬鹿馬鹿しいと決め込んだ。しかし、この寂しい海辺では道連れがいれば嬉しいだろうな、とも思いはじめた――相手を選ぶことが出来れば、だが。いまだ理性の光に照らされなかった昔、こういう場所で恐ろしいものに出遭う話を読んだ。今でも考えたくないような話だったが、彼は宿に着くまでそうしたことを考えつづけ、ことに、子供の頃

（5）　原語は martello tower。海岸防衛のために用いられた小さい円形の砦。イギリスではフランス革命後に多く造られた。

たいていの人間の心をとらえる話を思い出した。「さて我は夢に見たり、クリスチャンいかほども行かざるに、恐ろしき魔物野を越えて迫り来るを見たりと」(6)「もし」と彼は思った。「今うしろをふり向いたら、黄色い空に黒い姿がくっきりと浮き上がっていて、そいつに角《つの》と翼が生えていたら、どうすれば良いんだろう? 立ちどまるべきだろうか、そちらへ走って行くべきだろうか? 幸い、うしろの紳士はその手のものじゃないし、今も最初に見た時と同じくらい離れているようだ。うん、あの調子じゃ、俺ほど早く夕食にはありつけないぞ。だが、何てことだ! 夕食の時間まで、もう十五分もないじゃないか。走らなきゃいけないな!」

実際、パーキンズは着替えをする閑《ひま》もろくになかった。晩餐の席で大佐に会った時は、平和が——あるいは、くだんの紳士に持てるだけの平和が——ふたたび軍人の胸を支配していたし、平和の女神は食後のブリッジの時間も逃げ去りはしなかった。パーキンズのトランプの仕方は上品という以上だったからである。そんなわけで、十二時頃部屋にさがる時、彼はまことに楽しい夕べを過ごしたと感じ、たとえ二、三週間の長丁場になっても、こんな風に「地球亭」での生活を続けられるだろうと思った——「ことに、ゴルフの腕が上がればな」

廊下を歩いていると、「地球亭」の靴磨きをする小僧に出会ったが、小僧は立ちどまって言った。

「すいませんが、旦那、さっきお上着にブラシをかけていましたらね、ポケットから何か落っこちたんです。お部屋の簞笥《たんす》の上に置いときました――パイプか何か、そんなもんです。は、ありがとうございます。簞笥の上に置いときましたから――さいです。おやすみなさいまし」

　これを聞いて、パーキンズは午後のささやかな拾い物を思い出した。彼は相当の好奇心を持って、蠟燭の明かりの中でそれをひねくりまわした。今見ると、それは青銅で出来ており、現代の犬笛に良く似た形をしていた。実際、そいつは――うむ、たしかに――笛以外の何物でもなかった。唇にあててみたが、細かい砂か土が一杯詰まって固まっており、叩いても取れず、ナイフでほじくり出さなければならなかった。例によって几帳面なパーキンズは土を掃除して紙の上に空《あ》け、窓辺へ持って行って、土をはたいた。窓を開けた時に見た夜空は澄んでいて明るく、一瞬そこに立ちどまって

（6）ジョン・バニヤンの寓意物語『天路歴程』第一部からの不正確な引用。

海を眺めると、宿屋の前の浜辺に夜の散歩者が陣取っていた。彼はバーンストウの人間が夜更かしなのに少し驚いて窓を閉め、笛をもう一度明かりにかざして見た。おや、この笛にはたしかに印がついているぞ。ただの印じゃなくて、文字だ！　ほんの少し布でこすってみると、深く刻んだ字がはっきり読めたが、教授はしばらく考えあぐんだ末、その言葉は自分にとって、ベルシャザールの壁(7)にあらわれた文字と同様に不可解だと告白せざるを得なかった。笛には前面にもうしろにも銘が入っていた。一つはこういうものだった。

FLA
FUR　FLE　BIS

もう一つはこうだった。

卍QUIS EST ISTE QUI VENIT卍

「このくらい、わからなきゃいけないんだが」と彼は思った。「でも、俺のラテン語はちと錆びついているみたいだな。考えてみると、笛を何と言うのかも知らないんだ。長い方の文句は簡単そうだ。『来るは誰《た》ぞ？』という意味にちがいない。うん、この意味を知る一番の方法は、吹いてみることだろう」

彼はためしに笛を吹いて、急にやめた。出て来た音にびっくりしたからだが、その音色は気に入った。無限の彼方から聞こえて来るような響きがあって、穏やかな音だったが、なぜか数マイル四方に聞こえるにちがいないと思った。また脳裡に映像を浮かべる力（多くの匂いがそれを持っている）もあるようだった。彼はいっとき、ありありとこんな光景を見た。夜、広くて暗い場所に涼しい風が吹いていて、真ん中にポツンと一つ人影がある――その人物が何をしているかはわからない。その時、突風がいきなり窓に吹きつけて来て、映像を破らなかったら、たぶん、もっと長い間見ていただろう。ハッとして思わず面《おもて》を上げると、どこか暗い窓ガラスの外で海鳥の翼

（7）「ダニエル書」第五章に見える逸話への言及。ベルシャザール王が宴をしていると、人の手が現われて王宮の壁に文字を書くが、賢者たちも読み解けない。王はダニエルを召してこれを読ませる。

が白くきらめくのが目に入った。

笛の音に魅了されて、彼はふたたび、今度はもっと大胆に吹いてみずにいられなかった。音は前よりもほとんど高くならず、繰り返したために幻覚は破れた――半分期待していたような映像は何も浮かんで来なかった。「しかし、これは何だろうな？おやおや！　風が二、三分でこんなに強くなるとは！　すごい突風だな！　やれやれ！　あんな窓の締め具は役に立たないと思ってたんだ！　ああ！　やっぱり――蠟燭が二つとも消えちまった。これじゃあ部屋がバラバラになっちまうよ」

真っ先にすべきなのは、窓を閉めることだった。パーキンズは数を二十も数える間、小さい開き窓と格闘して、まるで屈強な強盗と押しっくらでもしているような気がした。風圧がそれほど強かったのだ。その力は突然緩《ゆる》んで、窓がバタンと閉まり、掛金がひとりでに掛かった。さて、それでは蠟燭を点け直して、どんな損害を受けたかたしかめなければいけない。いや、何も異常はなさそうだ。開き窓のガラスすら割れていなかった。だが、物音は少なくともこの家の一人を目醒めさせたようだ。大佐が靴下を穿《は》いた足で頭上の床を踏み鳴らし、唸《うな》っているのが聞こえた。

風はたちまち起こったけれども、すぐには歇《や》まなかった。相変らず吹きつづけ、呻《うめ》き声を上げて家を掠《かす》め、時折何とも寂しい叫び声を上げたので、パーキンズが他人事《ひとごと》のように言うには、空想家なら、じつに不愉快に感じたかもしれなかった。想像力に乏しい人間でも、と彼は十五分もすると思い直した、あんな風は吹かない方がありがたいだろう、と。

パーキンズが寝つかれなかったのは風のせいか、ゴルフや、遺跡を調査した興奮のせいか、よくわからなかった。とにかく、いつまでも目が冴《さ》えて、しまいに（私もそんな状況ではよく同じことを考えるが）自分があらゆる種類の命奪《いのちと》りな病気にかかっているような空想をした。寝ながら心臓の鼓動を数え、今にも停まりそうだと確信し、肺や、脳や、肝臓や何かに重大な疑いを抱くのだった――そんな疑念は、朝日が射せば吹っ飛んでしまうのはわかっているが、それまではどうしても頭から離れないのである。彼はほかにも自分の同類がいると思って、多少の慰めを感じた。近くにいる誰かが（暗闇の中では、その方向を言いあてることは難しかった）やはり床の中で寝返りを打ち、ゴソゴソ音を立てているのだ。

次の段階に至ると、パーキンズは目を閉じて、眠りが訪れやすいようにあらゆる努力をしようと決意した。ここでも過度の興奮がべつの形をとって表われた――すなわち、映像を描いたのである。経験者ノ言ウコトヲ信ズルベシ Experto crede、眠ろうとして目を閉じると、映像が次々にやって来る。しかも、それはしばしば趣味に合わぬものであり、目を開けて追い払わねばならない。

パーキンズのこの時の経験はじつに苦しかった。浮かんで来る映像は持続的なものだった。もちろん、目を開ければ消えてしまうが、ふたたび目を閉じると蘇って、前より速くもなければ遅くもなく、また動きはじめるのである。彼が見たのは次のような光景だった。

長い海岸がつづいている——小石が砂に縁取られ、短い間隔をおいて、黒い突堤がいくつも水際まで伸びている——その景色は午後散歩したあたりの風景とそっくりで、目標《めじるし》になるものがないため、それと区別することができない。空は薄暗く、今にも嵐が来そうだ。冬の夕暮れ時で、冷たい雨がしとしとと降っている。この荒涼たる舞台に、初めのうち俳優の姿は見えなかった。やがて、遠くにポツンと黒いものが現われ、しばらくすると、走っている男の姿になった。跳びはねたり、よじ登ったりして突堤を越え、二、三秒に一度、気がかりそうにうしろをふり返る。近づいて来るにつれてはっきりとわかるが、男は何かを気にしているだけでなく、ひどく怯《おび》えている——といっても、顔は見分けられないのだが。それに、今にも力尽きようとしている。彼は走りつづける。次々と現われる障碍物《しょうがいぶつ》が、その前のものよりも彼を難儀させるように見える。「この次のやつを乗り越えられるだろうか？」とパーキンズは思った。「ほかのよりも少し高いみたいだが」そうだ。男は半ばよじ登り、半ば跳びつくようにして乗り越えると、反対側（観《み》ているこちらの側）にどさりと倒れた。そこで、もう立ち上がれないかのように、突堤の下にうずくまり、苦しい不安そうな姿勢《かっこう》で上を見上げた。

それまで、男が怖がる原因はわからなかったが、今は見えて来た。岸のずっと遠くに、何か明るい色をしたものが、たいそう速く、不規則に、あちらへこちらへ動いているのが、小さくチラチラと見え始めたのだ。そいつは急に大きくなり、輪郭はさだかでないが、色の薄い、ヒラヒラする布をまとった人影であることがわかった。その動作には、何か近くでは絶対に見たくないとパーキンズに思わせるものがあった。そいつは立ちどまり、両腕を持ち上げ、砂に向かって身を屈めて、うつ向いたまま汀《みぎわ》まで浜を走って行くと、また戻って来る。それから、まっすぐに身を起こし、恐ろしいほどの速さでふたたび前進して来る。やがて追っ手は、走って来た男が隠れている突堤のつい二、三ヤード先で、左から右へウロウロ動きまわった。二度か三度あちらこちらへ跳びつこうとして駄目だったあと、立ちどまって背筋をしゃんと伸ばし、両腕を高く上げ、それから突堤目がけてまっしぐらに走って来た。

パーキンズはいつもここで、ついつい目を開けてしまうのだった。視力が衰え始めたことや、頭脳の酷使、煙草の吸いすぎ等々の不安を抱えた彼は、ついに諦めて蠟燭を点け、本を取り出して、寝ずに夜を過ごすことにした。執拗《しつよう》にあらわれるこの幻影に苦しめられるよりは、ましだ。そんなものは、昼間の散歩と考えごとの病的な反映にすぎないことは、よく承知しているのだが。

マッチ箱でマッチを擦り、明かりがパッと輝いたために、何か夜の生き物が――鼠か何かが――びっくりしたのだろう。ベッドのわきから、ガサゴソと大きな音を立てて床を小走りに走って行った。おやおや！　マッチが消えたぞ！　仕方がないな！　だが、二本目はもっと良く燃え、蠟燭も本も用意が出来て、本を読みはじめると健康な眠りが訪れた。それもすぐにだった。というのも、折目正しく几帳面な人生に於いてたぶん初めて、パーキンズは蠟燭を吹き消すのを忘れ、翌朝八時に声をかけられた時、蠟燭受けにはまだ焔が揺れ、小さいテーブルの上に、流れ落ちた脂が汚い塊になっていたのだ。

朝食後、自室でゴルフの身仕度に最後の仕上げをしていると——運命はふたたび大佐を彼の相手に定めた——宿のメイドが入って来た。

「あの、よろしければ」とメイドは言った。「ベッドにもう一つ毛布をお持ちしましょうか？」

「ああ！　ありがとう」とパーキンズは言った。「そうだな。欲しいな。少し寒くなって来たようだからね」

メイドはすぐに毛布を持って戻って来た。

「どちらのベッドに置きましょう？」

「何？　そら、そのベッドだよ——昨夜眠ったベッドだ」パーキンズはそう言って、指さした。

「ああ、そうですね！　失礼しました。でも、お客様は両方ともおためしになったようでしたから。ともかく、今朝は両方お蒲団を敷き直さなければいけませんでした」

「本当かい？　そんな馬鹿な！」とパーキンズは言った。「そっちのベッドには触っちゃいないよ。物を置いた以外はね。本当に、人が寝たように見えたのかね？」

「ええ、そうですわ！」とメイドは言った。「だって、蒲団がもみくちゃになって、そっちこっちへ投げ出されていましたもの。こう申し上げては何ですけれども——まるで誰かがうんと寝苦しい夜を過ごしたみたいでしたわ」

「いやはや」とパーキンズ。「うむ、荷物を解《ほど》いた時に、思ったよりも散らかしたのかもしれないな。よけいな手間をかけて、すまないね。ところで、もうじき友人が——ケンブリッジ大学から来る紳士が——ここへ来て、一晩か二晩あのベッドに寝るはずなんだ。かまわんだろうね？」

「ええ、かまいませんとも。ありがとうございます。何も手間なんてことはありませんわ」メイドはそう言って出て行くと、朋輩《ほうばい》とクスクス笑った。

パーキンズはゴルフの腕を上げる固い決意をして、出かけた。

この企てがかなり成功したことを御報告できるのは喜ばしい。二日目もパーキンズを相手にプレイしなければならないと知って不満気だった大佐も、正午《ひる》が近づくにつれて、すっかり口数が増えて来た。彼の声は平地に響き渡り、我が国のある小詩人が言ったように、「伽藍《がらん》の塔の大鐘さながら」であった。

「とんでもない風だったな、昨夜のあれは」と大佐は言った。「わしの故郷なら、誰かが口笛を吹いて風を呼んでると言ったろうよ」

「へえ、そうですか！」とパーキンズは言った。「お郷里《くに》じゃ、今もそういう迷信が残っているんですか？」

「迷信のことはよく知らんが」と大佐は言った。「ヨークシャーの海岸と同様、デンマークでもノルウェーでも、そこら中で信じておるよ。それにわしの経験ではな、田舎の人間が固く信じて代々伝えて来たことの根底には、たいがい何かしらがあるものだ。だが、君がドライヴする番だよ」（それとも何と言ったか知らない。ゴルフをなさる読者は、適当な合間を置いて、然《しか》るべき脱線を想像していただきたい）。

ふたたび会話が始まった時、パーキンズは少しためらって言った。

「さっきおっしゃったことですがね、大佐、そういう問題に関する私自身の意見は、非常に強固だと申し上げなければなりません。じつのところ、私は『超自然』なるものを断じて信じないんです」

「何だって！」と大佐は言った。「というと、千里眼も、幽霊も、その種のものは何もかも信じないのかね？」

「その種のものは一切信じません」パーキンズはきっぱりと言い返した。

「ほほう。しかし、そうすると、君はサドカイ派も同然らしいな」

自分の考えるに、サドカイ派は旧約聖書に出て来るもっとも分別のある人々だ、とパーキンズは言いかけた。しかし、くだんの書物にサドカイ派の話がそんなに書いてあったかどうか自信がなかったので、相手の非難を笑いにまぎらした[8]。

「そうかもしれませんね」と彼は言った。「でも――そら、君、僕のクリークを貸してくれ！――ちょっと失礼しますよ、大佐」短い間隔。「ところで、口笛を吹いて風を呼ぶことに関して、僕の説を言わせて下さい。風を支配する法則は、まだ完全には知られていません――もちろん、漁師や何かはまったく知りません。たとえば、変な癖を持った男か女、あるいは他所者《よそもの》が、尋常でない時間に浜にいるのを人が何度も見かけて、口笛を吹いているのを聞きます。そのあとすぐに激しい風が吹きます。空模様を正確に読めるか気圧計を持っている人なら、それを予測できたでしょう。漁村の単純な人々は気圧計を持っていませんし、天気を占うのに二、三の大まかな法則を知っているだけです。僕が言ったような変人が風を起こしたと思われ、当の男か女も、自分にそういうことが出来るという噂に固執する――これほど自然なことがあるでしょうか？ さて、昨夜の風を取り上げてみましょう。実際、僕自身笛を吹いていました。僕は笛を二回吹いて、風はまったく僕の呼びかけに答えて吹いて来たようでした。もし誰かが見ていたら――」

聴き手はこの長広舌を聞かされているうちに少しソワソワして来た。パーキンズは幾分講演家の口調になっていたようである。しかし、最後のところで大佐が話をさえぎった。

「笛を吹いていたのかね？　どういう笛を使ったんだ？　その前に、この一打を打ちたまえ」間隔。

「おたずねになった笛ですがね、大佐。ちょっと変わったものなんです。今この――いや、部屋に置いて来てしまった。じつを言うと、昨日それを見つけたんです」

パーキンズは笛を発見したいきさつを語ったが、大佐はそれを聞くと、何かぶつぶつ言って、こう意見を述べた――わしがもし君だったら、ローマ教の信徒どもが持っていた物をみだりに使ったりせんだろう、総じて、あの連中は何をしていたかわからんのだからな、と。大佐はこの話題から、副牧師の極悪非道ぶりに話を転じた。副牧

（8）サドカイ派が登場するのは旧約ではなく新約聖書である。

師はこの前の日曜日に、金曜日は使徒聖トマスの祝日(9)だから、教会で十一時に礼拝を行うと告知したのだ。このことや他の同様の行いから、大佐はあの副牧師がイエズス会ではないにしろ、隠れたローマ教徒だという考えを強く抱いていた。パーキンズはこの方面の話題では中々大佐について行けなかったので、反論しなかった。実際、二人は午前中じつに仲良くやったから、昼食後別々になるという話はどちらからも出なかった。

二人は、午後も楽しくプレイを続けた。少なくとも、暗くなって物が見えなくなるまで、ほかの一切を忘れていた。パーキンズは、例の本営をもっと調査するつもりだったことを、その時やっと思い出した。しかし、それはどうでも良い、と思い直した。今日でも明日でも変わりはない。大佐と一緒に帰ろう。

宿屋の角を曲がった時、大佐は一人の少年にあやうく突き倒されそうになった。少年は死に物狂いの勢いで走って来て大佐にぶつかると、逃げようともせず、彼にすがりついてゼエゼエ息を切らしていた。軍人の言った最初の言葉は、当然ながら叱責と非難のそれだったが、少年が怯えきってろくろく口も利けないのに、すぐ気がついた。問いただしても、初めのうちは無駄だった。少年は息がつけるようになると大声でわめきだし、なおも大佐の脚にしがみついていた。そのうちやっと離れたが、まだわめきつづけた。

「一体全体、どうしたんだね？　何をやってたんだ？　何を見たんだね？」と二人の男は言った。

「あのね、あいつが窓から僕に向かって、おいでおいでをしてたんだよ」少年は泣きじゃくった。「いやだよう」

「どこの窓だ？」大佐はじれったそうに言った。「さあ、しっかりしろ、坊主」

「正面の窓だよ、ホテルの」と少年は言った。

パーキンズはもう少年を家に帰したかったが、大佐は承知せず、とことん調べようと言った。子供をこんな風に怖がらせるのはたいそう危険なことで、誰かが悪戯《いたずら》をしたのなら、懲《こ》らしめなければいかんというのである。あれこれ質問した結果、次のような話を聞き出せた。少年は「地球亭」の前の芝生で、ほかの子供と遊んでいた。や

（9）　聖トマスはイエスの使徒の一人で、その祝日は七月三日。カトリックや正教会では祝日を祝うが、プロテスタントでは祝わない。

がて、子供たちはお茶の時間なので家へ帰り、少年も帰ろうとした。その時、ふと正面の窓を見上げたら、こちらに向かっておいでおいでをしているのが見えた。そいつは人の姿で、白い服を着ていたようだ――顔は見えなかったけれども、こちらに手を振っていて、まっとうなものじゃなかった――まっとうな人間じゃなかったのは、もちろんだ。部屋に明かりはついていたかね？　いや、そんなことまで考えなかったよ。どれがその窓なんだね？　一番上の窓かい？　二番目の窓かい？　二番目だったよ――大きい窓で、両側に小さい窓が二つついてるやつさ。

「よしよし、坊主」大佐はさらに二つ三つ質問をしてから、言った。「もう家に帰ってもいいぞ。誰かがおまえをびっくりさせようとしたんだろう。この次はな、勇敢な英国男児らしく石を投げつけてやれ――いや、そうじゃなくてな、給仕人か宿の主人のシンプソンさんのところへ行って、話してみなさい。それで――うん――わしがそうしろと言ったと言うがいい」

少年の顔には、シンプソンさんが自分の苦情に耳を貸してくれるだろうか、という疑念が少し表われていたが、大佐は気づかぬ様子で話しつづけた。

「そら、ここに六ペンスある――いや、一シリングだったわい――うちへ帰って、もうそのことは考えるんじゃないぞ」

子供は興奮して礼を言い、走り去った。大佐とパーキンズは「地球亭」の正面へまわって、偵察した。少年のした説明と一致する窓は一つしかなかった。

「いや、こいつは妙だ」とパーキンズが言った。「あの坊やが言ってたのは、どう考えても僕の部屋の窓じゃないか。ちょっと上がって来ませんか、ウィルソン大佐？　誰かが僕の部屋で勝手な真似をしていたのかどうか、たしかめられるでしょう」

二人はすぐ廊下に行って、パーキンズは部屋の扉を開けようとした。ところが、急にやめて、ポケットを探った。

「これは思ったより深刻だぞ」というのが、次に言った言葉だった。「今思い出したんですが、僕は今朝出かける時、扉の錠を下ろしておいたんです。錠は今も下りているし、おまけに、鍵はここにあります」と言って、掲げて見せた。「さて、もしも使用人が、お客が留守の昼の間、部屋に入る習慣があるなら、僕に言えるのはただ――うむ、けしからんということだけです」少し尻切れとんぼになったことに自分でも気づいて、彼はせかせかと扉を開け（鍵はたしかに掛かっていた）、蠟燭を点けた。「いや。何も荒されてはいませんね」

「君のベッド以外はな」大佐が口を挟んだ。

「失礼ですが、僕のベッドじゃありません」とパーキンズは言った。「僕は使っていません。でも、たしかに誰かが悪戯したように見えますね」

その通りだった。夜具が丸められ、一緒くたにねじられて、何ともめちゃくちゃになっていた。パーキンズは考え込んだ。

「こういうことにちがいない」としばらくしてから言った。「僕が昨夜、荷物を解く時に夜具をくちゃくちゃにして、それっきりになっているんです。たぶん、女中が寝床を直しに入って、それをあの子が窓ごしに見たんでしょう。それから、女中たちは呼ばれて出て行き、扉に鍵を掛けた。うん、そういうことだと思いますよ」

「ならば、呼鈴を鳴らして訊いてみたまえ」大佐はそう言い、これはパーキンズにも現実的なやり方に思われた。

メイドが現われ、手短に言うと、こういうことを述べた。誓って申し上げますが、今朝お客様が部屋にいらっしゃる時にベッドを直して、それっきりここには入っておりません。いいえ、ほかに鍵はありません。鍵ならシンプソンさんが持っています。もしも誰かが部屋へ入ったのなら、あの人にお訊きになればわかるでしょう。

これは不可解だった。調べてみたが、貴重品は何も盗《と》られておらず、パーキンズはテーブルなどに置いた小物の配置を憶えていたから、そうしたものがいじられていないことは、たしかだった。それにシンプソン夫婦も、昼の間、部屋の合鍵を誰にも渡していないと口をそろえて言った。公平な精神の持主であるパーキンズは、亭主や女将やメイドの態度に怪しいところを見つけられなかった。むしろ、あの少年が大佐をかついだのだと考えたかった。

大佐はその晩、食事中もそのあとも、いつになく寡黙で思いに沈んでいる風だった。パーキンズにおやすみを言う時、しわがれた低い声でつぶやいた。

「夜中に助けが必要になったら、わしのいる場所は知っとるな」

「ええ、ありがとう、ウィルソン大佐、知っているつもりです。でも、お邪魔をすることはまずないと思いますがね。ところで、お話しした古い笛をお見せしましたっけ？　まだでしたよね。そら、ここにあります」

大佐はそれを蠟燭の明かりに照らして、恐るおそるいじりまわした。

「銘の意味がわかりますか？」パーキンズは笛を受け取りながら言った。

「いや、この光じゃわからん。君はそいつをどうするつもりだね？」

「そうですね。ケンブリッジに戻ったら、あすこの考古学者達に渡して、意見を聞いてみます。値打ちのあるものだとたぶん言うでしょうが、そうしたら、博物館に寄付してもいいでしょう」

「ふむ！」と大佐は言った。「そうだな。それが良いかもしれん。わしに言えるのは、あれがわしのものだったら、今すぐ海に放り込むということだけだ。話しても無駄なのは承知しておるが、きっと、君には良い薬になるだろうよ。きっとな。それじゃ、おやすみ」

大佐はこちらに背を向け、何か言いかけたパーキンズを階段の下に残して、行ってしまった。まもなく二人とも、めいめいの寝室に入った。

運の悪いことに、教授の部屋の窓には日避《ひよ》けもなければカーテンもなかった。前の晩は何とも思わなかったが、今夜は明るい月が昇りそうで、光がまともにベッドにさし、遅くまで眠れないかもしれなかった。彼はそれに気がつくと大いに閉口したが、私などはただもう羨《うらや》むしかない器用さで、汽車用の膝掛けと、安全ピンと、ステッキと蝙蝠傘とを材料に、即席の衝立《ついたて》をこしらえた。それは、ただ壊れさえしなければ、ベッドにあたる月光を完全に遮《さえぎ》ってくれるはずだった。まもなく、彼はそのベッドに心地良くおさまった。少し中身のある本をしばらく読んで、眠りたくなって来ると、トロンとした目で部屋を見まわし、蠟燭を吹き消して、枕に仰向《あおむ》けになった。

一時間以上ぐっすり眠ったにちがいないが、突然ガタンという音がして、じつにいやな形で目が醒めた。何が起こったのかはすぐにわかった。入念に組み立てた衝立が崩れ、冷たい冴《さ》えざえとした月光がまともに顔にさしていたのだ。これにはまったく困った。起き上がって衝立を作り直すことができるだろうか？　あるいは、そうしなくても何とか眠れるだろうか？

数分間、寝ながらそうした可能性を考えていたが、やがて急に寝返りを打つと、目を大きく開け、息を殺し、耳を澄ました。部屋の向こう側にある空《あ》いたベッドで、たしかに何かが動いたのだ。明日になったら、あのベッドは片づけてもらおう。鼠か何かがあの中で遊んでいるにちがいないから。今は静かになった。いや！　また動き出したぞ。物がガサガサいって、揺れている。どう考えても、鼠より大きな奴の仕業《しわざ》だ。

私は教授の戸惑いと恐怖をいくらかは理解できる。三十年前になるが、夢の中で同じことが起こるのを見たからだ。だが、おそらく読者には、空《から》っぽとわかっているベッドからいきなり人影が起き上がるのを見た時、彼がどんなに恐ろしかったか御想像もできまい。彼はひとっ跳びでベッドからとび出し、窓に向かって突進した。そこには彼の唯一の武器、衝立の突っかい棒にしたステッキがあったからだ。しかし、これは一番拙《まず》いやり方だった。空《から》のベッドにいた人物は、突然ベッドからスルリと滑り下りると、両腕を広げて二つのベッドの間に、扉を背にして立ちふさがったのである。パーキンズは恐ろしく困惑して、それを見ていた。なぜか、そいつのわきをすり抜けて扉から逃げることは、考えただけでも耐え難かった。そいつに触ることは――理由はわからないが――とても我慢出来なかったし、向こうがこっちに触って来たら――そんなことが起こるくらいなら、窓からとび下りた方がましだった。そいつはこれまで暗い蔭に立っていて、顔は見えなかった。今は前屈みになって動きだし、パーキンズは相手が盲目らしいことにふと気づいて、恐怖と安堵の相半ばする思いだった。そいつは布につつまれた両腕で、でたらめにあたりを手探りしていたからである。半分そっぽを向きながら、さっきまでパーキンズが寝ていたベッドに突然気づくと、そちらへどっと駆け寄り、屈み込んで、枕をいじりまわした。その様子を見てパーキンズは、いまだかつてなかったほどの戦慄をおぼえた。そいつはすぐにベッドが空だと知ったらしく、光の射している方へ進み出て、初めて姿形を露《あら》わした。

パーキンズはそのことについて訊かれるのを非常に厭がるが、一度私のいる席で、少し説明したことがある。彼が主に憶えているのは、恐ろしい、じつに恐ろしい、くちゃくちゃになった、しわ、しわ、しわになったシーツの顔だそうだ。そこにどんな表情を読み取ったか、彼には言えなかった。言いたくなかったのかもしれないが、恐ろしさのあまり狂いそうになったことはたしかだと言う。

しかし、長いことは見ていられなかった。そいつは恐るべき素早さで部屋の中央に動き、手を振ってあたりを探っているうちに、着ている布の端がパーキンズの顔をかすった。彼は声を立てることがいかに危険かわかっていたが、それでも嫌悪の叫びを抑えきれず、これがたちまち相手に手がかりを与えた。そいつはすぐさま彼に跳びかかり、次の瞬間、パーキンズはのけぞって窓から半身をのり出し、声を限りに何度も叫んだ。シーツの顔が彼の顔のすぐそばに突きつけられた。この時、ギリギリ最後の瞬間に救いの手があらわれたことは、お察しの通りである。大佐がいきなり扉を開け、あわやというところで窓際にいる恐ろしい二人を見た。そばに寄ると、人影は一つしか残っていなかった。パーキンズは気が遠くなって部屋の中へ倒れ込み、その前の床に、夜具がもみくちゃの塊になっていた。

ウィルソン大佐は何も訊かなかったが、ほかの人間を部屋に入れないようにし、パーキンズをベッドに戻した。自分は膝掛けにくるまって、もう一つのベッドで夜を明かした。翌朝早くロジャーズが到着したが、もう一日早かったら、さほどに歓迎されなかったろう。三人は教授の部屋で長い間相談した。それが済むと、大佐は親指と人差し指で小さな物をつまみ上げ、ホテルの玄関から出て行くと、そいつを海に放り込んだ。たくましい腕で力一杯、沖の方へ投げたのである。そのあと、何かを焼く煙が「地球亭」の裏の敷地から立ちのぼった。

ホテルの従業員や客にどういう言い訳をしたのか、正確なところは、じつを言うと思い出せない。教授は精神錯乱の疑いを何とか晴らし、ホテルはいわくつきの家《うち》だという噂を何とか払拭《ふっしょく》した。

あの時大佐が入って来なかったら、パーキンズがどうなっていたかについては、あまり疑問の余地はない。窓の外に落ちたか、さもなくば発狂していただろう。しかし、笛の音にこたえて現われた怪物に、人を怖がらせる以上の何が出来たかというと、こちらはさほど明白ではない。そいつには、自分の身体をこしらえた夜具以外、物質的なものは何もないようだった。大佐はインドで似たような事件があったのを思い出し、パーキンズが取っ組み合っていたら、あいつは何も出来なかったろう、あいつの唯一の能力は怖がらせることなのだ、という意見だった。この事件全体が、ローマ教会に対する自分の意見をますます確固たるものにした、と大佐は言った。

これ以上お話しすることは何もないが、御想像の通り、ある種の問題に関する教授の見解は以前ほど明確でなくなった。彼は神経も患《わずら》った。今でも短白衣《サープリス》(10)が扉に掛かっているのを見ると興奮するし、冬の日の午後遅く、畑で案山子《かかし》を目にすると、眠れぬ夜が幾晩もつづくのである。

(10)　英国国教会の聖職者や聖歌隊員が儀式の時にまとう短白衣。

# トマス修道院長の宝

⌉

⌈Verum usque in præsentem diem multa garriunt inter se Canonici de abscondito quodam istius Abbatis Thomæ thesauro, quem sæpe, quanquam adhuc incassum quæsiverunt Steinfeldenses. Ipsum enim Thomam adhuc florida in ætate existentem ingentem auri massam circa monasterium defodisse perhibent; de quo multoties interrogatus ubi esset, cum risu respondere solitus erat: 'Job, Johannes, et Zacharias vel vobis vel posteris indicabunt' ; idemque aliquando adiicere se inventuris minime invisurum. Inter alia huius Abbatis opera, hoc memoria præcipue dignum iudico quod fenestram magnam in orientali parte alæ australis in ecclesia sua imaginibus optime in vitro depictis impleverit: id quod et ipsius effigies et insignia ibidem posita demonstrant. Domum quoque Abbatialem fere totam restauravit: puteo in atrio ipsius effosso et lapidibus marmoreis pulchre cælatis exornato. Decessit autem, morte aliquantulum subitanea perculsus, ætatis suæ anno lxxii$^{\text{do}}$, incarnationis vero Dominicæ mdxxix°.」

「こいつを訳さなければならんだろうな」好古家は上記の文章を、中々の稀覯本《きこうぼん》で、はなはだ散漫な書物、『ノルベルトゆかりのシュタインフェルトの花輪』[*1]から筆写し終えると、そうつぶやいた。「うむ、それなら、早いところやってしまった方が良いだろう」そこで、以下の翻訳がすみやかに出来上がったのである。

「今日に至るまで、聖堂参事会員たちの間では、このトマス修道院長の秘宝について多くの噂がささやかれている。シュタインフェルトの聖堂参事会員たちは宝を求めてしばしば調査したが、これまでのところ徒労に終わった。噂というのは、トマスがまだ元気盛んな頃、大量の黄金を修道院のどこかに隠したというものである。彼はしばしばその在処《ありか》を尋ねられたが、いつも笑って、こう答えた。『ヨブとヨハネとゼカリ

＊1 アイフェル地方シュタインフェルトのプレモントレ会修道院の記録並びに修道院長列伝。一七一二年コローニュ刊。同地方在住のクリスチャン・アルベルト・エルハルト著。「ノルベルトゆかりの」という形容詞は、聖ノルベルトがプレモントレ修道会の創立者である事に因《ちな》むものである。

ヤが、あなたか後《のち》の人間に教えるだろう』宝を見つけた者に恨みは持たぬ、と言い添えることもあった。この修道院長が成し遂げた他の業績の一つとして、教会の南の側廊の東端にある大窓のガラスを、見事な彩色人物像で満たしたことを挙げても良かろう。これはくだんの窓にある彼の肖像と紋章が証するところである。彼はまた修道院長の住居をほぼ全体にわたって修復し、中庭に井戸を掘り、それを美麗な大理石の彫刻で飾った。西暦一五二九年、七十二歳の時、いささか突然に没した」

くだんの好古家が今もくろんでいるのは、シュタインフェルトの修道院付属教会の彩色窓の所在を探ることだった。宗教改革の直後、大量の色ガラスがドイツやベルギーの解体された修道院からこの国へ持ち込まれて、現在さまざまな教区教会や、大聖堂や、私人の礼拝堂を飾っている。我々の芸術的財産に図《はか》らずも貢献したこうした修道院のうちで、シュタインフェルト修道院はもっとも重要なものの一つだった(私はくだんの好古家が書いた本の少しくだくだしい前文を引用している)。そして彼《か》の修道院から来たガラスの大部分は、この場所の名が出て来る多数の銘刻や、窓の絵の主題――そこにはいくつかの特徴ある説話群や物語が描かれている――によって、容易に見分けられるのである。

この物語の冒頭に掲げた一節によって、好古家はもう一つの問題を探り始めた。彼はさる私人の礼拝堂——その場所はどこでも良かろう——で、三つの大きな人物画を見たことがあった。一つ一つが窓一面を占め、明らかに一人の画工の作であった。作風からして、画工が十六世紀のドイツ人であることは明らかだったが、これまで、絵が本来あった場所を正確につきとめることは出来なかった。それらの絵は——読者は聞いて驚かれるだろうか？——族長ヨブ、福音書記者ヨハネ、預言者ゼカリヤを描いていて、めいめいが手に本か巻物を持ち、それに文章が記してあった。好古家は当然これらを書き留めたが、記された文が、彼の参看《さんかん》し得たウルガタ聖書(1)のいかなる本文とも奇妙に違っていることを知って、不思議に思った。すなわち、ヨブが手に持つ巻物にはこう記してあるのだ——「Auro est locus in quo absconditur」*2（ウルガタ聖書では「conflatur」(2)）。ヨハネの本には「Habent in vestimentis suis scripturam quam nemo novit」*3

---

*2　黄金に隠し場所あり。

（1）　聖ヒエロニュムス（三四七〜四二〇）が訳したとされるラテン語訳聖書。カトリック教会では標準ラテン語訳として公認された。

（ウルガタ聖書では「in vestimento scriptum」。そのあとの語句はべつの節から取られている）[3]。そしてゼカリヤの巻物には、「Super lapidem unum septem oculi sunt」[*4]（三つのうち、これだけは原文を改変していない）[4]。

この三人がなぜ一つの窓に一緒に描かれているのかを考えると、我らが研究者は途方に暮れた。歴史的にも、象徴的にも、教義上も、三人の間につながりはなく、考えられるのはただ預言者と使徒を描いた非常に大がかりな連作——どこか広い教会の、たとえば、高窓全部を満たしていたようなもの——の一部だったろうということだった。ところが、『花輪』のあの一節が状況を変えたのである。それは現在D——卿の礼拝堂にあるガラスに描かれた人物たちが、シュタインフェルトのトマス・フォン・エッシェンハウゼン修道院長の口に始終上っていたこと、そしてこの修道院長が、おそらく一五二〇年頃、修道院付属教会の南の側廊に彩色窓をつくったことを述べているからだ。この三人がトマス修道院長の奉納物の一部だったかもしれないということは、けして突飛な想像ではなかったし、ガラスをもう一度入念に調査すれば、その考えの正否がたぶんわかるはずであった。サマートン氏は有閑人士だったので、早速《さっそく》くだんの私的礼拝堂へ巡礼の旅に赴いた。推測は十分に確証された。ガラスの様式と技法が問題の時代と場所にぴったり合致するだけでなく、礼拝堂のもう一つの窓に、三人の像と一緒に買われたことがわかっているガラスを見つけ、それにトマス・フォン・エッシェンハウゼン修道院長の紋章が入っていたのだった。

調査中、サマートン氏は時折秘宝に関する噂を思い出して、それが頭から離れなかった。考えれば考えるほど明白に思われて来たのは、こういうことだった――もしも修道院長が質問者にした謎めいた答に意味があるなら、修道院の教会に取りつけた

*3　そが衣に何人《なんびと》も知らざる書き込みあり。
*4　一つの石に七つの眼あり。
（2）（原註2への註）出典は「ヨブ記」第二八章一節「Auro locus est in quo conflatur（煉るところの黄金は出處あり）」で conflatur（煉る）が absconditur（隠される）に変わっている。
（3）（原註3への註）ウルガタ聖書「ヨハネ黙示録」第一九章一六節に「「in vestimento scriptum（衣に記されたり）」とあるところを「in vestimentis suis scripturam（そが衣に書き込み）」と変えている。そのあとの「quam nemo novit（何人も知らざる）」は第一九章一二節に見える言葉。
（4）出典は「ゼカリヤ書」第三章九節。

窓のどこかに秘密があるということにちがいない。また、窓に描かれた巻物の、奇妙な選び方をした聖句の最初のものが秘宝に言及していると受け取っても、良さそうだった。

修道院長は後世に謎をかけたにちがいない。サマートン氏はその解明に役立つかもしれない特徴やしるしを、細心の注意を払ってことごとく書き留め、バークシャーの荘園邸宅に戻って来ると、真夜中の油を何パイントも費して、透《す》き写しやスケッチを精査した。それから二、三週間経ったある日、サマートン氏は、ちょっと外国へ旅行するから、荷物をまとめよと召使いに言いつけた。我々が氏のあとに跟《つ》いて行くのは、もう少し先にしよう。

二

パーズベリーの教区牧師グレゴリー氏は、秋晴れの朝なので、朝食前に私道の門まで散歩に出た。郵便配達人を待ち受け、涼しい空気を吸いたかったのだが、どちらの目的も達せられた。一緒に行った子供たちは、無邪気にさまざまな質問をしたが、それに十か十一しか答えぬうちに、郵便配達人が近づいて来るのが見えた。その朝の手紙の束には、外国の消印と切手（これはたちまちグレゴリー家の子供たちの間で、奪い合いになった）のついた手紙が一通入っており、教育のない、しかし、明らかに英国人とわかる字で宛名が書いてあった。牧師は封を開き、署名を見ると、友人である大地主サマートン氏の腹心の従僕から来たものとわかった。文面はこうだった。

「拝啓

旦那様のこと心配でなりませずこちらへお越し下さいませと旦那様のお望みを書いております。旦那様わひどいショックを受けて寝ておいでです。こんなお姿わ見たことがありませんが不思議わないです。あなた様でなければどうにもなりませぬ。旦那様が申し上げよとおっしゃるのはこちらへの近道はコブリンスまで来て小馬車に乗ることです。てまえの説明はっきりおわかりになるとよろしいですが心配やら夜寝ないやらでてまえもすっかり混乱しております。敢えて申し上げますれば外国人ばかりの土地で真正直な英国人の顔を見ると嬉しいです。

ウィリアム・ブラウン

敬具

追伸——この村わ町とわとても申せません。スティーンフェルトといいます。」

一八五九年のバークシャーにあった静かな牧師館は、こういう手紙を受け取って驚愕と混乱に陥り、大慌《おおあわ》てで旅仕度が始まったけれども、そのありさまは読者の御想像にまかせなければならない。私としてはこれだけ申し上げれば十分だろう——グレゴリー氏はその日のうちにロンドン行きの汽車に乗り、アントワープ汽船の船室を取って、コブレンツ(5)行きの汽車の座席を確保した、と。また要路にある彼《か》の街からシュタインフェルトまで行くのも難しくはなかった。

私はこの物語の語り手として、重大な不利を背負っている。私自身はシュタインフェルトへ一度も行ったことがないし、この逸話の主役(私はかれらから情報を得ている）のどちらも、村の様子については漠然とした、やや陰気な印象しか伝えることが出来なかったからだ。推量するに、そこは小さな村で、古い調度や飾り物などを奪い去られた大きな教会がある。いささか荒廃した大きな建物がいくつもこの教会を取り囲んでいるが、おおむね十七世紀に建てられたものだ。大陸の修道院はたいていそうだが、ここの修道院も当時の住人によって豪勢に再建されたのである。私としては、金を使って、わざわざこんな場所へ行く値打ちはないと思っている。村はおそらくサマートン氏やグレゴリー氏が思ったよりもずっと魅力的だろうが、取り立てて興味深い観物《みもの》はなさそうだからだ――一つだけ例外があるが、私はそれを見たくはない。

くだんの英国紳士と召使いが泊まった宿屋は、村でただ一軒の「まともな」宿屋である――もっとも、今はどうかわからないが。グレゴリー氏は御者にすぐそこへ連れて行かれ、ブラウン氏が入口で待っていた。バークシャーの故郷にいる時は腹心の従僕という、頬髯を生やし、ものに動ぜぬ種族の典型だったブラウン氏だが、今ははなはだ居心地が悪そうだった。明るい色のツイードの背広を着て、癇癪《かんしゃく》を起こさんば

（5）モーゼル川とライン川の合流点に位置するドイツの街。

かりに気を揉《も》み、どうすれば良いかわからない様子だった。牧師の「真正直な英国人の顔」を見た時、彼の安堵感は計り知れぬほどだったが、それを表現する言葉を持ち合わせなかった。ただこう言うばかりだった。

「ほんに、お目にかかれて嬉しうございますで。旦那様も、きっとお喜びでございましょう」

「旦那様の様子はどうなんだね、ブラウン?」グレゴリー氏はやきもきして口を挟んだ。

「少し良くなりましたようでがす。でもハア、恐ろしい目にお遭いなさったんで。今は少しお睡眠《より》になってると思いますが――」

「一体何がどうしたんだね――手紙を読んでもわからなかったが。事故でも起こったのかね?」

「はい、それが、お話しして良いのやら悪いのやら。旦那様は御自分で申し上げるんだと、厳《げん》におっしゃっておりましたから。ですが、怪我などはございません――それだけは有難く思うております――」

「医者は何と言っているんだ?」グレゴリー氏はたずねた。

二人はこの時、サマートン氏の寝室の扉の外に立って、低声《こごえ》で話していた。たまたま先を歩いていたグレゴリー氏が扉の取手を手で探していると、指が偶然羽目板の上を滑った。すると、ブラウンが何か言う間もないうちに、室内から恐ろしい叫び声が聞こえた。

「神の名に於いて、何者だ?」というのが最初に聞こえた言葉だった。「ブラウン、おまえか?」

「はい、旦那様——てまえとグレゴリー様でございます」ブラウンが急いで答えると、ホッとしたような呻き声が聞こえて来た。

二人は部屋に入った。そこは午後の日射しを遮《さえぎ》って暗くしてあったが、グレゴリー氏は、いつも穏やかな友の顔がひどく窶《やつ》れ、恐怖の汗に濡れているのを見て、気の毒さにと胸を衝《つ》かれた。友人はカーテンを掛けたベッドの中で半身を起こし、震える手を差し出して、歓迎の意を示した。

「君の顔を見たら良くなったよ、グレゴリー」というのが牧師の最初の質問への答で、それが本当であることは歴然としていた。

五分も話をすると、サマートン氏は——ブラウンがあとで語ったところによれば――数日来《すうじつらい》なかったほど回復した。昼食もそこそこ食べることが出来、もう一日すればコブレンツまでの旅行に耐えられるだろう、と自信ありげに語った。

「しかし、一つだけ」彼はグレゴリー氏があまり見たくない興奮状態に戻って、言った。「私の代わりにやってもらいたいことがあるんだ、グレゴリー」相手が話を遮る前に機先を制し、グレゴリーの手に手を置いて語りつづけた――「それがどういうことなのか、なぜそうして欲しいのかは訊かないでくれ。まだ説明出来ないんだ。そんな説明をしたら、私はまた――君が来てくれたおかげでせっかく良くなったのに、元に戻ってしまうだろう。それについて言えるのは、君がやってもまったく危険はないし、ブラウンが明日、何をするのか教えるということだけだ。ただ、あるものを――戻す――ちゃんとしておく――だけなんだ。いや、まだ話すことは出来ん。ブラウンを呼んでくれないかね?」

「うん、サマートン」グレゴリー氏は戸口の方へ部屋を横切りながら言った。「君がもう良いと思うまで、説明は求めないよ。それに、そんなにたやすいことなら、喜んで朝一番に取りかかろうじゃないか」

「ああ、そう来ると思ってたよ、グレゴリー。君なら頼りになると信じていた。口には言えないくらい、恩に着るよ。やあ、ブラウンが来た。ブラウン、ちょっと話がある」

「わしは行った方が良いかね？」グレゴリー氏が言葉を挟んだ。

「いや、かまわない。ブラウン、明日の朝一番に――（君は早起きは厭《いと》わんだろう、グレゴリー）――牧師さんをお連れするんだ――あそこへだ、わかってるな」（ブラウンはうなずくが、不安そうな浮かない顔をしている）「牧師さんとおまえとであれを元の場所に戻すんだ。少しも怖がる必要はない。昼間のうちはまったく安全なのだ。私の言う意味はわかるな。あれは階段の上にある。いいな――我々が置いたところに」（ブラウンは一度か二度ゴクリと唾を呑み、何も言えずにお辞儀をした。）「それから――いや、それだけだ。ただ、もう一言言わせてくれ、グレゴリー。君がこの件についてブラウンに質問しないでいることが出来たら、もっと恩に着るよ。万事上手くゆけば、遅くとも明日の晩には事情をすっかり話せると思う。今晩はこれでお別れしよう。ブラウンが私についている――ここで寝るんだ――それからね、私が君だったら扉に鍵を掛けておくな。うむ、忘れずにそうしたまえ。かれらは――この宿の人たちはそうしてもらいたがっているし、その方が良いんだ。おやすみ、おやすみ」

二人はそれで別れた。グレゴリー氏は夜中に一、二度目を醒まして、鍵の掛かった扉の下の方をいじりまわすような音を聞いたかもしれないが、ふだん静かに暮らしている人間が、慣れないベッドと謎のただ中に突然放り込まれれば、そんな気もしたであろう。彼は真夜中から明け方にかけて、そういう音を二、三回聞いたと、死ぬまでそう信じていたが。

彼は日の出とともに起きて、さっそくブラウンと出かけた。サマートン氏に頼まれた仕事は不可解なものではあったが、難しくも恐ろしくもなかったから、宿屋を出て半時間と経たないうちに片づいた。それが何だったかは、まだお話しするわけにはゆかない。

その朝のうちに、もうほとんど回復したサマートン氏はシュタインフェルトを発《た》つことが出来、その日の晩、コブレンツでだったか、どこか途中の宿場でだったかはっきりしないが、約束通り説明を始めた。ブラウンもその場にいたが、事情をどの程度理解したかはけして言わなかったし、私にも推測は出来ない。

三

これはサマートン氏の語った話である。

「二人とも、たいがい知ってるだろうが、私がこちらへ出向いたのは、D――卿の邸の礼拝堂にある古い色ガラスに関係のあるものを調べるためだったんだ。うむ、事の起こりは、古い活字本のこの一節にある。これを良く見てくれたまえ」

と言って、サマートン氏は、我々にはすでにおなじみの事柄を丁寧に語って聞かせた。

「二度目にあの礼拝堂へ行った時」と彼はさらに話をつづけた。「私の目的は、ガラスの人物像や、銘や、ダイヤモンドで引っ掻いた跡、それに偶然ついたように見える傷跡まで、可能な限り記録することだった。最初に取りかかったのは、文字の書いてある巻物の記録を取ることだった。第一の巻物、すなわちヨブの巻物――『黄金に隠し場所あり』――字句をわざと改変したこの言葉が宝物のことを言っているのは疑いようがなかった。そこで、確信を持って次の聖ヨハネの巻物にあたってみた――『そが衣に何人も知らざる書き込みあり』。これを見れば、人物像の衣に銘刻があったのかと誰でも思うだろう。そんなものは見あたらなかった。三人とも、マントに幅の広い黒の飾り縁がついていて、それはこの窓の目立つ特徴だったが、いささか見苦しかった。私は行き詰まった。もし奇妙な幸運に恵まれなかったら、シュタインフェルトの歴代の聖堂参事会員がやめたところで、調査をやめていたと思う。ところが、偶然こんなことが起こったんだ。ガラスの表面には埃が一杯ついていて、たまたま入って来たD――卿は、私の手が真っ黒になっているのを見ると、御親切にも、窓を掃除するために、丸い頭のついている長箒《ながぼうき》を持って来させた。その箒に何か硬い物がついていたにちがいない。とにかく、それでマントの一つの飾り縁を拭った時、長い引っ掻き傷が残って、その下から黄色い色ガラスが現われた。私は召使いに作業をちょっとやめてもらって、梯子《はしご》を駆け上がると、その個所を調べた。たしかに、そこには黄色い色ガラスがあった。剝《は》がれたのは厚い黒の顔料で、明らかにガラスを焼いてから刷毛《はけ》で塗りつけたものであり、従って、ガラスを傷つけないで容易にこそげ取ることができた。そこでこそげ取ってみると、信じられないだろうが――いや、君を見くびってはいかんな。もうすでにお察しだろうが――黒い顔料の下には、透明な地に黄色い色ガラスでくっきりと書いた大文字が、二つ三つ見つかったんだ。もちろん、私は喜びを抑えることが出来なかった。

私はD――卿に言った。銘刻を発見したが、非常に興味深いものかもしれないので、全体を露《あら》わにすることをお許しいただきたいと。卿は二つ返事で好きなようになさいと言うと、約束があるので行ってしまった――正直なところ、こちらはホッとしたよ。私はすぐ仕事に取りかかったが、かなり楽な作業だった。顔料はもちろん歳月を経て風化していたので、ほとんど触るだけで剝がれ落ちた。結局、三つの窓ガラス全部の黒い飾り縁を取ってしまうのに、二時間もかからなかったと思う。人物像それぞれに、例の銘刻が言う通り、『衣に何人も知らざる書き込み』があった。

もちろん、この発見によって、私は自分の辿っている道筋が正しいことを確信した。それでは、銘刻に何が書いてあるのだろう？　ガラスを綺麗にしている時、私はわざと字を読まないようにして、全体が見えるまで楽しみをとっておいた。だがね、グレゴリー、作業が終わった時、失望のあまり叫び出しそうになったよ。そこにあったものは、帽子の中で掻きまぜたよりもひどい、でたらめな文字の羅列だったんだ。こんな具合だ。

ヨブ　DREVICIOPEDMOOMSMVIVLISLCAVIBASBATAOVT
聖ヨハネ　RDIIEAMRLESIPVSPODSEEIRSETTAAESGIAVNNR
ゼカリヤ　FTEEAILNQDPVAIVMTLEEATTOHIOONVMCAAT. H. Q. E.

私は二、三分も呆然として見ていたと思うが、落胆は長くつづかなかった。こいつは暗号か秘密の符牒だとすぐにピンと来て、時代を考えると、かなり単純なものである可能性が高いと思った。そこで、細心の注意を払って文字を書き写した。そのうちにもう一つ小さな発見があって、暗号に関する私の信念を裏づけた。ヨブの衣に書いてある字を写したあと、間違っていないかどうか確かめるため、数を数えてみた。三十八文字あった。ちょうどそれを数え終わった時、飾り縁の端に、尖《とが》ったものでつけたような引っ掻き傷があるのが目に留まった。それはxxxviiiというローマ数字にすぎなかった。早い話が、ほかの二つの窓ガラスにも同様のしるしがついていたんだ。それではっきりしたのは、ガラスの絵師は銘についてトマス修道院長から非常に厳しい注文を受けており、字を正しく記すために苦心したということだ。

さて、その発見のあと、御想像通り、私はさらなる光明を求めて、ガラスの全面を細心に調べた。もちろん、ゼカリヤの巻物の銘刻――『一つの石に七つの眼あり』――も忘れてはいなかったが、これは何か石につけたしるしのことを言っているにちがいなく、その石は、宝の隠された現場に行かなければ見つかるまい、と早々に結論を下していた。手短に言うと、私は可能な限り覚え書きやスケッチや透き写しをつくって、パーズベリーへ戻ると、ゆっくり暗号解読に取りかかった。ああ、その苦心たるや！ 初めは大したことはないと思っていた。秘密書法を扱った昔の本に鍵が見つかると確信していたからだ。トマス修道院長よりも年上の同時代人、ヨアヒム・トリテミウス(6)の『秘密記法』はとくに役立ちそうだったので、その本とセレニウス(7)の『暗号術』とベーコンの『学問の進歩について(8)』等をあたってみた。しかし、何も見つからなかった。そこで初めはラテン語を、次にドイツ語を基礎として、『もっとも

（6） ヨアヒムとあるが、ドイツの修道院長・歴史家・隠秘学者ヨハンネス・トリテミウス（一四六二～一五一六）のことであろう。『秘密記法 Steganographia』は暗号術の古典。
（7） 普通セレヌス Selenus と表記されることが多い。ドイツのブラウンシュヴァイク・リューネブルク公アウグスト二世（一五七九～一六六六）の筆名。

頻繁に使われる文字』の原則を応用してみた。それでも駄目だったが、そのやり方自体が間違っていたのかどうかはわからない。それから私は窓そのものに戻って、覚え書きを読み返した――もしや修道院長自身が、どこかに私の求める鍵を残していないか、と一縷《いちる》の望みをつないだのだ。衣の色や柄からは何も得るところがなかった。うしろには景色も、聖者の像につきものとして描かれるものもなかった。天蓋にも何もなかった。唯一手がかりとなりそうなのは、人物の姿勢だった。『ヨブは』と覚え書きに書いてあった。『左手に巻物を持ち、右手の人差し指を上に立てている。ヨハネ、左手に銘の入った書物を持つ。右手の二本の指で祝福する。ゼカリヤ、左手に巻物。右手はヨブのように上に伸ばしているが、三本の指を立てている』これを言い換えれば、と私は思った。ヨブは一本の指を、ヨハネは二本の指を、ゼカリヤは三本の指を伸ばしているのだ。そこに数字の鍵が隠されていないだろうか？　グレゴリー」サマートン氏は友人の膝に手を置いて言った。「果たして、それが鍵だったんだ。初めのうちは上手く行かなかったが、二度三度試してみると、意味がわかった。銘の最初の字のあとは一文字とばし、次の字のあとは二文字、そのあとは三文字とばして読んだ。さて、そうやって得た結果を見てもらいたい。私は暗号文を構成する字に下線を引いておいた。

DREVICIOPEDMOOMSMVIVLISLCAVIBASBATAOVT

RDIIEAMRLESIPVSPODSEEIRSETTAAESGIAVNNR

FTEEEAILNQDPVAIVMTLEEATTOHIOONVMCAAT. H. Q. E.

わかったかい？　『Decem millia auri reposita sunt in puteo in at…』（一万の金塊を積み上げし井戸は……）、このあとに at で始まる不完全な単語がつづいている。ここまでは良い。残りの文字も同じ方法で試してみたが、上手く行かなかった。ことによると、

（8）　正確には『学問の尊厳と進歩について De Dignitate et Augmentis Scientiarum』（一六二三）。イギリスの哲学者フランシス・ベーコン（一五六一〜一六二六）の著書『学問の進歩』（一六〇五）をラテン語訳し、増補したもので、独自の暗号法を載せている。

最後の三つの文字のあとに点が打ってあるのは、何かちがう手順をあらわしているのかもしれない、と思いついた。それから、思った。『あの「花輪」という本の中のトマス修道院長に関する記述に、井戸のことが書いてないだろうか?』そうだ、あった。彼は puteus in atrio（中庭に井戸を）掘ったとある。もちろん、これこそ私の探していた言葉 atrio だった。次にやったのは、銘の中からすでに使った字は除いて、残りの字を書き出すことだった。すると、この紙に書いてある通りになった。

RVIIOPDOOSMVVISCAVBSBTAOTDIEAMLSIVSPDEERSETAEGIANRFEEALQ
DVAIMLEATTHOOVMCA. H. Q. E.

さて、必要な最初の三文字が何かはわかっていた——すなわち、rio だ——これで atrio という言葉が完成する。ごらんの通り、これらは全部最初の五文字のうちに含まれている。初めは i が二つ出て来るので少しまごついたが、銘の残りの部分は一つおきに字を読めば良いのだとすぐに気づいた。自分でやってみるといいよ。一巡したら、また先を続けるという風にやると、結果はこうなる。

『rio domus abbatialis de Steinfeld a me, Thoma, qui posui custodem super ea. Gare à qui la touche.』

これで秘密はすべて解明された。

『一万の金塊、我トマスによりて、シュタインフェルトの修道院長の家の中庭の井戸に積み置かれたり。我はそこに守護者を置けり。Gare à qui la touche.(9)』

最後の言葉は、トマス修道院長がよく用いた銘句と言わねばならない。私はそれをD――卿の礼拝堂にあるべつのガラスに、彼の紋章とともに見つけたが、彼はそれをそっくり暗号の中に書き込んだのだ。もっとも、文法的に見ると、あまり調和していないがね。

(9) フランス語で、「これに触るる者は心すべし」ほどの意。

さて、グレゴリー、私と同じ立場に立ったら、人は何をしたくなるだろう？　私がしたようにシュタインフェルトへ赴いて、秘密を文字通り源まで辿らずにいられるだろうか？　とてもそうはゆくまい。ともかく私は我慢出来ず、言うまでもないが、文明の利器が許す限りすみやかにシュタインフェルトへ行って、例の宿屋に落ち着いたんだ。たしかに予感が全然しなかったわけではない——一方で失望の、もう一方で危険の予感が。トマス修道院長の井戸が跡形もなく消えてしまった可能性もあるし、誰かが暗号に無知でも、ただただ幸運に導かれて、私より先に宝を見つけたかもしれない。それに」——語り手の声はここで明らかに震えた——「白状しても良いだろうが、宝の守護者云々という言葉の意味について、不安がないわけでもなかったんだ。しかし、そのことはもう言うまい——必要があるまではね。

ブラウンと私は早々に機会を見つけて、井戸を探し始めた。私は当然、修道院の跡地に興味があると称していたから、べつの場所へ行きたくてウズウズしていたけれども、教会を訪れないわけにはゆかなかった。それでも、例のガラスが嵌まっていた窓、ことに南の側廊の東端の窓を見ることは興味深かった。その窓の狭間《はざま》飾りのガラスに昔のガラスの破片と紋章が残っているのを見て、私は驚愕した——そこにはトマス修道院長の盾形があり、巻物を持った小さな人物が描かれていて、巻物には『Oculos habent, et non videbunt.』（かれら目はあれども、見ることなからむ[10]）という文字が刻んであった。思うに、これは修道院長が聖堂参事会員たちをあてこすって書いたんだろう。

だが、もちろん、肝腎な目的は修道院長の家を探すことだった。私の知る限り、修道院の見取り図にその場所は示されていない。参事会会議場なら、たいがい回廊の東側にあるし、宿舎なら教会の翼廊とつながっているが、そんな風に見当もつけられない。あまりあれこれ質問すると、今に残る秘宝の記憶を呼び醒ますかもしれないから、まずは自分で探した方が良いと思った。それはさして長く困難な探索ではなかった。教会の南西にある、三方を囲まれた中庭――まわりには無人の建物と、草ぼうぼうの舗道がある――君も今朝見ただろうが、あすこがその場所だったんだ。そこはもう使われていないし、宿屋からあまり遠くもなく、人の住んでいる建物から覗かれる位置

（10）「詩篇」第一一五篇五節（ウルガタ聖書では第一一三篇一三節）「その偶像は口あれどいはず目あれどみず」のラテン語訳からの引用。

にもないことを知って、私はしめしめと思った。教会の東の斜面には、果樹園と馬の囲い場があるだけだった。本当に、あの立派な石畳は、火曜日の午後の少し雨気を含んだ黄色い夕陽の中で、素晴らしく輝いていたよ。

次に、井戸はどうだったか? おわかりだろうが、それについてはあまり疑いの余地はなかった。本当に、じつに見事な造りだ。あの井桁《いげた》はイタリアの大理石だと思うが、彫刻もイタリア人がやったにちがいない。君もたぶん憶えているだろう――エリエゼルとリベカ[11]や、ラケルのために井戸の口を開けるヤコブ[12]や、似たような題材を描いた浮彫りがあったが、疑いを招かないためにだろう、修道院長は皮肉な当てこすりを銘に刻むことは控えていた。

もちろん、私は興味津々でこの建築物全体を調べた――井戸は四角く、一方にだけ口が開《あ》いている。その上に迫持《アーチ》があって、縄を掛ける滑車がついており、状態は今も非常に良さそうだった。ごく最近はちがうけれども、六十年ほど前まで、いや、もっと後になっても使われていたからだ。さて、それから深さと中へ入る方法の問題があった。深さは六、七十フィートくらいだったと思う。もう一つの点に関していうと、修道院長はまるで探索者を宝の蔵の入口まで案内したがっていたようだった。君自身試したろうが、石組のところどころに組み込まれた大きな石材が、井戸の内側をぐるりとめぐる整然とした階段となって、下の方へつづいていたからだ。

これはうますぎる話のような気がした。罠《わな》があるのではなかろうか――石に体重をかけると、引っくり返る仕掛けでもしてあるのではないかしらと思ったが、自分の体重と杖でいくつも試してみたところ、石はどれもしっかりしているようだったし、事実その通りだった。もちろん、ブラウンと私はその夜さっそく探検することにした。

私は準備万端整えていた。これから探査するのがどんな場所か心得ていたので、身体に巻く丈夫な綱と帯紐を十分に用意し、つかまるための横木と、角灯と蠟燭と鉄梃《かなてこ》を持って来たが、それらは全部絨毯地《じゆうたんじ》の旅行鞄に入れて、怪しまれぬようにするつもりだった。綱の長さは十分だし、釣瓶《つるべ》を使うための滑車がちゃんと役に立つことをたしかめると、宿へ帰って夕食をとった。

(11)　参照、「創世記」第二四章。アブラハムの息子イサクの妻としてふさわしい女を探していた僕《しもべ》エリエゼルは、井戸に水を汲みに来た乙女リベカと出会う。
(12)　参照、「創世記」第二九章。ヤコブは井戸で母の兄ラバンの娘ラケルと出会い、その姉レアと共に妻にする。

宿の亭主とそれとなく話してみたところ、九時頃、従僕を連れて、月明かりの修道院をスケッチしに（天よ、許したまえ！）出かけても、亭主はさして驚くまいということがわかった。井戸のことは何も訊かなかったし、もう訊くことはあるまい。私はあの井戸のことなら、シュタインフェルトの誰よりも知っているつもりだからな。少なくとも（――激しく身震いして――）これ以上知りたいとは思わないよ。

さて、ここからが山場になる。あの時のことは考えたくもないが、グレゴリー、起こったことをそのままに思い出した方が、どのみち、自分のためになるような気がするんだ。ブラウンと私は九時頃、鞄を持って出発し、人目は惹かなかった。宿の中庭のうしろから小路へこっそり抜け出すことが出来て、その路が村外れまで通じていた。五分もすると井戸に着き、しばらく井桁の縁《へり》に腰かけて、出歩いたり、こちらを見たりしている者がまわりにいないのをたしかめた。聞こえて来るのは、そこからは見えなかったが、東の斜面をずっと先へ行ったところで馬が草を食《は》む音だけだった。我々を監視している者はおらず、皎々《こうこう》とした満月の光がふりそそいでいたので、綱をちゃんと滑車に掛けることが出来た。私はそれから、脇の下にしっかりと帯を巻いた。綱の端は、井戸の石組についている輪に固くつなぎ留めた。ブラウンが明かりの点いた角灯を取って、うしろからついて来た。私は鉄梃子を持っていた。そうして用心深く井戸の中へ下りて行き、足を階段に乗せる前に、そのつど触れてみてたしかめ、しるしのついた石はないかと壁面を細かく調べた。

私は下りながら半分声に出して段を数え、三十八段まで行ったが、石組の表面には何も変わったところはなかった。ここまで来てもしるしがないので、大分気が滅入ってきて、修道院長の暗号は、ことによると手の込んだ悪ふざけではないかと思いはじめた。階段は四十九段で終わっていた。私は非常に沈鬱な思いで引き返したが、また三十八段目に上がって来た時——ブラウンは角灯を持って、それよりも二、三段上にいた——石組に少し不揃いなところがあるのに気づいて、念入りに調べた。だが、しるしらしいものはとんと見あたらなかった。

その時、石の表面の手ざわりが、ほかの場所よりもほんの少し滑らかなような——少なくとも、どこかちがうような気がした。ことによると石ではなくてセメントなのかもしれない。鉄梃子でそこを強く叩いてみると、明らかにうつろな響きがした。もっとも、井戸の中にいるせいかもしれない。だが、それだけではなかった。セメントの大きな薄片が足元に落ちて、その下から出て来た石にしるしがあった。グレゴリー、私はとうとう修道院長を追い詰めたんだ。今でもそのことを思うと、いささか得意になるよ。さらに二、三回叩くとセメントは全部剝がれて、縦横二フィートくらいの平石があらわれ、そこに十字架が彫ってあった。私はまたがっかりしたが、それもほんのいっときだった。なにげない一言で自信を与えてくれたのは、ブラウン、おまえだったな。私の記憶が正しければ、おまえはこう言ったんだ。

『妙な十字架でございますな。眼がたくさんついているようでがす』

私はおまえの手から角灯を奪い取って、十字架がたしかに七つ——縦に四つ、横に三つ——の眼から出来ているのを見ると、言語に尽くせぬ喜びを感じた。あの窓に描かれていた最後の巻物は、予期した通りの形で説明された。これこそ『七つの眼を持つ石』だ。今のところ修道院長の指示は正確で、そのことを考えると、『守護者』についての不安が強く蘇って来た。それでも、今さら引き退《さが》るわけにはゆかなかった。

私は自分に考える閑《ひま》を与えず、しるしのついた石のまわりのセメントを全部叩き落とし、それから右側を鉄梃子でこじった。石はすぐに動いた。そいつは私でも楽に持ち上げられる薄くて軽い石板で、空洞の入口をふさいでいた。私はそれを壊さないように取り外して、階段の上に置いた。もとに戻さなければいけなくなるかもしれないからだ。それから、ひとつ上の段に立って、五、六分待っていた。なぜそうしたのかわからないが、恐ろしいものがとび出して来ないかどうか、様子を見るためだったと思う。何事も起こらなかった。次に私は蠟燭をともし、用心深く窪みの中に置いた。悪い空気がたまっていないかどうかをたしかめるとともに、中をちょっと覗いて見ようと思ったんだ。空気はやはり汚れていて、火が消えそうになったが、すぐにまたしっかりと燃えはじめた。穴は少し奥行きがあって、左右にも広がり、中に何か丸くて明るい色の物が見えた。袋かもしれない。待っていても仕方がない。私は窪みを真正面から覗き込んだ。すぐ目の前には何もなかった。腕を突っ込んで、おっかなびっくり右の方を探ってみた……

コニャックを一杯くれ、ブラウン。すぐに先を話すよ、グレゴリー……

さて、右の方を探ってみると、指が何か湾曲したものに触れた。そいつは――そう――いくらか革に似た感触だった。じっとりしていて、大きな重い物の一部分らしかった。恐ろしいところは何もなかったと言っておこう。私は大胆になり、両手を出来るだけ突っ込んで、そいつを引っ張ると、近づいて来た。重かったが、案外簡単に動いた。入口の方へ引っ張っている時、左の肘で蠟燭を倒し、消してしまった。私はあれを口の前へ持って来て、引きずり出しにかかった。ちょうどその時、ブラウンが鋭い叫び声を上げて、角灯を持ったまま慌てて段を駆け上がった。理由はもうじき本人が話してくれるよ。私はびっくりしてふり返り、ブラウンの後姿を見ると、ブラウンは井戸の上にしばらく立っていたが、やがて二、三ヤード先へ歩いて行った。それから小さな声で、『大丈夫です、旦那様』と呼びかけるのが聞こえたから、私は真っ暗闇の中で、またぞろ大きな袋を引きずり出しにかかった。そいつは一瞬穴の縁《へり》に引っかかり、それから、つるりと出て来て私の胸に触れると、腕を私の頸にまわしたんだ。

グレゴリー、これは事実をありのままに話しているんだ。私は人間が正気を失わないでいられるギリギリの恐怖と嫌悪感を味わったと信じている。今はその大筋を語るだけで精一杯なんだ。私は世にも恐ろしい黴《かび》臭さを感じた。冷たい顔みたいなものが私の顔に圧《お》しつけられて、ゆっくりと動いていって、いくつかの――何本あったか知らない――脚だか、腕だか、触手だかが私の身体にからみついた。ブラウンが言うには、私は獣のような金切り声を上げて、立っていた段から仰向けに落ちたそうだ。あの怪物はその同じ段につるりと滑り下りたらしい。有難いことに、身体に巻いた帯は外れなかった。ブラウンは冷静さを失わず、すぐさま私を天辺《てっぺん》まで引き上げて、井桁の外に出した。どうしてそんなことが出来たのかわからないし、たぶん彼も説明出来ないだろう。彼は道具を近くの空家に隠して、大苦労しながら私を宿へ連れ帰ったらしい。私はとても事情を話せる状態ではなかったし、ブラウンはドイツ語が出来ない。だが、翌朝、私は修道院の廃墟で転倒したと作り話を言って、みんなはそれを信じたようだ。さて、話を先へ進める前に、その数分間にブラウンがどんな体験をしたか、聞いて欲しいんだ。ブラウン、私にした話を牧師さんにしておくれ」

「はい、旦那様」ブラウンは小声で神経質にしゃべった。「こういうことでございます。旦那様は穴の前で何かやっておられまして、てまえは角灯を持って見ておりますと、何かが井戸の天辺から水に落ちたような音が聞こえました。それで上を見ますと、誰かが首を出して、こっちを覗いてるんでがす。てまえは何か言ったと思いますが、明かりを高く差し上げて、段を駆け上がりましたら、明かりが真っ向から相手の顔にあたりました。ありゃア見たこともねえような、ひどい顔でございました！　年老《としと》った男で、頬がゲッソリこけていて、ニヤニヤ笑ってるようでがした。てまえは大急ぎで段を駆け上がりましたが、外の地面に出ますと、人っ子一人おりません。逃げるひまなぞあったはずはねえし、年寄りならなおさらでがす。井戸のうしろに屈《かが》んでいるかと思ってたしかめましたが、いやしません。すると今度は、旦那様が何かおそろしいことを大声で叫ぶのが聞こえまして、見ると、旦那様は綱にぶら下がっておいでです。それで引き上げましたが、どうしてそんなことが出来たか、旦那様がおっしゃるように、さっぱりわからねえんでがす」

「聞いたかね、グレゴリー？」とサマートンは言った。「さあ、何かこの出来事の説明を思いつくかね？」

「何ともぞっとする異常な話だから、聞いてるこちらも頭がどうかしてしまいそうだよ。しかし、わしが思ったのはね、もしかすると——その、罠を仕掛けた人物が、計画の首尾を見に来たのかもしれんよ」

「その通りだ、グレゴリー、その通りだよ。私にもほかに——ありそうなことは思いつかん。ありそうな、なんて言葉がこの話のどこかにあてはまるなら、だがね。あれは修道院長にちがいないと思うんだ……さて、もうあまり話すことはない。私はひどい一夜を過ごし、ブラウンが付き添ってくれた。次の日も良くならなかった。起き上がれないんだ。医者はいないし、いても、大したことは出来なかっただろう。私は君宛ての手紙をブラウンに書かせて、また恐ろしい夜を過ごした。グレゴリー、このことは間違いないし、最初の衝撃よりももっと身にこたえたと思う——なにしろ、もっと長く続いたからね。というのは、一晩中部屋の外で誰かが、あるいは何物かが見張っていたんだ。二人いたような気もする。暗い間ずっと、かすかな物音が時々聞こえて来たが、それだけじゃなくて、匂いが——いやな黴の匂いがした。最初の晩に着ていた襤褸《ぼろ》は全部脱いで、ブラウンに持って行かせた。彼はそれを自分の部屋のストーブで燃《も》してしまったと思うが、それでも匂いがして、井戸の中と同じくらい強かった。しかも、扉の外から匂って来たんだ。だが、夜明けの光が射し初《そ》めると、だんだん感じなくなって、音も熄《や》んだ。それで私は確信した——あのもの、いや、あのものたちは暗闇の生き物で、日の光に耐えられないんだとね。だから、あの石をもとに戻せば、ほかの誰かがまた石を取り外すまで何も出来ないにちがいない。私は君が来て、それをやってくれるのを待たなければならなかった。もちろん、ブラウン一人にやらせるわけにはゆかなかったし、この村の人間に言うことは、なおさら出来なかった。

さあ、話はこれで終わりだ。信じてくれなくても仕方がないが、信じてくれると思っている」

「まったく」とグレゴリー氏は言った。「信じるしかあるまいよ。いや、信じなければならん！　わしもこの目で井戸と石を見たし、穴の中に袋か何かがあるのをチラリと見たような気がする。それにな、本当のことを言うと、サマートン、昨夜《ゆうべ》わしの部屋の戸口も見張られていたと思うんだ」

「たぶん、そうだろうよ、グレゴリー。でも、有難いことにもう終わった。ところで、君もあの恐ろしい場所へ行ったが、それについて何か言うことはないかね？」

「あまりないよ」という返事だった。「ブラウンとわしは大して苦労もしないで、石板をもとの場所に戻した。ブラウンは君が持って行けと言った金具と楔《くさび》で石をしっかり固定したし、わしらは表面に泥をなすりつけて、壁の残りの部分と見分けがつかないようにしておいた。一つだけ、井戸の彫刻の中で気がついたものがある。君は見落としたんだろうな。そいつはおぞましいグロテスクな形で——たぶん、ほかの何よりも蟾蜍《ひきがえる》に似ていた。そのわきに銘があって、二つの単語が刻んであった。『Depositum custodi』[*5]とな」

＊5 「汝に委ねられしものを守れ」

# 付録

# 私が書こうと思った話

私は物語を書く経験をあまり積んでいないし、書き通す根気もそれほどない——今、私の念頭にあるのはもっぱら怪談のことだ。べつの種類の物語は書こうと思わなかったから——それで、あの時この時頭に浮かんだけれども、ちゃんとした形にはならなかった物語のことを時々楽しく思い返してみる。ちゃんとしたというのは、実際に書いてみたものもあるからで、それらはどこかの抽斗《ひきだし》に眠っている。サー・ウォルター・スコットのよく引用される言葉を借りれば、「ふたたび見たい気がしない[1]」のだ。出来が悪かったから。だが、いくつかの物語の着想は、そのために考えた設定ではどうしても開花しなかったけれども、活字になった物語の中に、ちがう形で現われているかもしれない。そうしたものを（いわば）べつの誰かのために思い出してみよう。

フランスを汽車で旅する男の話があった。差し向かいに典型的な熟年のフランス婦人が坐っていた。ありがちな口髭を生やし、じつに頑固そうな顔つきをしていた。男は装丁につられて買った『マダム・ド・リヒテンシュタイン』という古臭い小説以外に、何も読むものがなかった。窓の外をながめるのにも相客を観察するのにも飽きて、眠たげにページをめくりはじめ、二人の人物の会話のところにふと目を留めた。その二人はある知人のことを話していたが、知人は女で、マルシリ・ル・アイエ(2)にあるやや大きな家に住んでいる。その家の様子が描かれ——ここで一つの山場に来る——女の夫は謎の失踪《しっそう》を遂《と》げたのだ。女の名が口にされるが、本を読んでいる男は、どこか他所《よそ》でその名を聞いたような気がしてならない。ちょうどその時、汽車は田舎の駅に停まり、旅人はハッとうたた寝から覚める——本は開いて手に持っている——向かいの席の女は出て行き、女の鞄の名札に、小説に出て来たらしい名前が書いてあった。さて、男はトロワ(3)へ行き、そこからあちこちへ足を伸ばすが、ある時——昼飯時に——そう、マルシリ・ル・アイエに行くのだ。大広場《グランド・プラース》にあるホテルの向かいに、

(1) じつはスコットではなく、シェイクスピア『マクベス』第二幕第二場のマクベスの台詞。ジェイムズの原文の意は、〝スコットがよく引用した言葉〟ということかもしれない。
(2) フランス北部の村。
(3) フランス北部オーブ県にある町。マルシリ・ル・アイエはこの町の西に位置する。

破風《はふ》が三つついた物々しい家が建っている。その家から着飾った女が出て来たが、その女は前に見たことがあった。給仕との会話。はい、あの御婦人は寡婦《やもめ》です。そう信じられています。ともかく、旦那様がどうされたか誰も知らないのです。話はここで途切れてしまったようだ。もちろん、くだんの小説には旅人が読んだと思った会話は出て来ない。

それから、二人の大学生に関する、かなり長い話もあった。二人はどちらかが持っている田舎の家でクリスマスを過ごす。その家屋敷の次の相続人である叔父が近所に住んでいる。口が達者で博学なローマ・カトリックの司祭が叔父と一緒に住んでおり、若者たちに愛想をふりまく。叔父と夕食をとった後、暗い夜道を歩いて帰る。藪《やぶ》を通った時、おかしな現象が起こる。翌朝、家のまわりに見たことのない不格好な足跡がついている。連れを引き離し、屋敷の所有者を一人にして、日が暮れてから外に誘い出そうという企《たくら》み。結局、司祭は失敗《しくじ》って死ぬ。獲物《えもの》を取り逃がした使い魔が司祭に襲いかかるのだ。

また、十六世紀のケンブリッジ大学のキングズ学寮にいた二人の学生の話[4]もある。(この二人は魔術を行ったため学寮から追い出され)、夜分フェンスタントンの魔女のもとへ行こうとする。ハンティンドン街道をロルワースの方へ曲がるところで、いやがる者を引っ立てて行く人々に出会うが、二人は連れて行かれる人物を知っているような気がする。フェンスタントンに着くと、魔女が死んだことを知り、新しく掘った墓の上に坐っているものを見る。

以上は、少なくとも部分的には、紙に書くところまで行った物語の一部である。また時折心を掠《かす》めてゆくが、けして形を成《な》さない話もあった。たとえば、男が（何か気がかりのある男とした方が自然だろう）ある晩書斎に坐っていると、小さな物音がしたので驚き、慌ててふり返る。すると、窓のカーテンの間から死人の顔がのぞいている。死人の顔だが、眼だけは生きているのだ。男はカーテンに駆け寄って、引き開ける。ボール紙の仮面が床に落ちる。だが、そこには誰もおらず、仮面の両眼は穴が空いているだけだ。これなどは、どうすれば良かっただろう？

暗い時間に、暖かい部屋と暖炉の明るい火を恋しく思いながら家路を急いでいる時、

（4） ケンブリッジ近郊の村。ジェイムズはのちにこのアイデアを使って「フェンスタントンの魔女」という短篇を書いている。

誰かが肩に触れる。ハッとして立ちどまり、ふり返ると、そこにどんな顔が見えるか、顔ならぬものが見えるか？

同様に、悪玉氏が善玉氏をバラそうと心に決めて、道端の手頃な茂みを選び、そこから銃で撃とうとする。善玉氏が思いがけず出逢った友達とそこを通りかかると、悪玉氏が道でのたうちまわっているのは、一体どういうことであろうか？　彼はまだ口が利けて、茂みで自分を待っていた——手招きまでしていた——もののことを語る。聞いた二人は、茂みを覗いてみる気にはとてもならない。これには色々可能性があるが、適切な舞台を設定する大仕事は、私の手に余るものだった。

クリスマスのクラッカー(5)にも可能性があるかもしれない。然《しか》るべき人間が紐《ひも》を引き、中に入っている格言が然るべき内容を伝えていれば。それを見た者はたぶん、加減が悪いなどと言って、早々に席を立つ。しかし、ずっと前にした約束があるというのが本当の理由であろう。

ちなみに、多くの平凡なものが報復の手段となり得るし、報復が必要でない場合は、悪意をかなえる手段となり得る。家までの私道で拾った包みは、注意して扱いなさい。ことに、切った爪と髪の毛が入っている場合は。けっして家に持ち込んではいけない。

何かがついて来るかもしれないから……（点々は効果的な文章の優れた代用品になると、当節多くの作家が信じている。たしかに便利だ。もう少し打っておこう……）月曜日の夜遅く、一匹の蟾蜍《ひきがえる》が私の書斎に入って来た。今のところ、こいつと関係のありそうなことは起こっていないけれども、こういう話をいつまでもしているのは、あまり賢明でないかもしれない。そのために心の眼が開いて、もっと恐ろしい訪問者が見えるようになるかもしれないから。これでおしまい。

（5）　英国のクラッカーは本来筒形で、両側から紐を引くと、パンと鳴る。中にはジョークや格言を書いた紙などが入っている。

# 解説

南條竹則

昔の英国の大学というのはちょっと僧院のようなところがありましたから、本に埋《うず》もれて好きな研究に没頭し、修道僧さながら結婚もせずに一生を終える——そういう学者が珍しくありませんでした。

本書の原作者ジェイムズもその一人と言って良く、したがって、彼の経歴は地味で波瀾《はらん》のないものであります。

モンタギュー・ローズ・ジェイムズ（一八六二〜一九三六）はケント州ドーヴァー地区の村グッドネストーンに生まれました。父親ハーバート・ジェイムズは英国国教会の牧師で、母メアリー・エミリー（旧姓ホートン）は海軍将校の娘でした。兄二人と姉一人がおり、親しい人の間では、子供の頃から「モンティ」という愛称で呼ばれていました。

彼は名門の私立上級小学校テンプル・グローヴ・スクールの寄宿生になったあと、

英国屈指のパブリック・スクール、イートン校に入り、それからケンブリッジ大学のキングズ学寮《コレッジ》に上がって優秀な成績を収め、やがて同学寮の特別研究員《フェロー》となります。一八九三年からは同大学のフィッツウィリアム博物館の館長となり、のちにキングズ学寮の学寮長、さらにケンブリッジ大学副総長までつとめましたが、晩年は大学を辞めて、母校イートン校の校長におさまり、死ぬまでその職にありました。一九三〇年にはメリット勲章を贈られています。

学者としてのM・R・ジェイムズは、一口に中世学者などと呼ばれています。ヨーロッパ、主にイギリス中世の学問文化の研究家ということです。その方面に疎《うと》いわたしには彼の学問について云々することはとてもできませんが、伝記を書いたマイケル・コックスやリチャード・ウィリアム・ファッフによると、ジェイムズの研究には二本の太い柱があったようです。

その一つは写本研究、ことに写本のカタログ作りであります。

印刷術が普及する以前の西洋の書物は、おおむねヴェッラム vellum と呼ばれる、子牛や子羊の皮をなめして作った紙に手書きで書いたものでした。そのような本は貴重なもので普通の人は持っておらず、英国では主に各地の修道院が所蔵していました。

ところが、ヘンリー八世の宗教改革によって修道院が解体されると、蔵書も散逸の憂き目に遭って、あるものは個人の手にわたり、あるものは大学の図書館などに入りました。

そうした写本の多くは良く整理されておらず、書庫にたくさんの本があってもいたずらに埃をかぶるばかりで、活用しにくい状態にありました。たとえば、一冊の本が誰の何という著書なのかもわからない場合があります。関係のない数冊の本が、一冊に合本されていることもあります。一体誰がいつ書いたものなのか、また書き込みがあった場合、それはいつの時代の書き込みなのか――そういうことがはっきりわかりませんと、資料として大変不便であります。

ジェイムズは中世に関する幅広い知識を駆使して、こうしたさまざまな問題をコツコツと解決しながら、母校イートン校やケンブリッジ大学の各学寮、さらに英国の他の団体や図書館が所蔵する写本の膨大なカタログを作りあげたのでした。彼はまた『ピープスの日記』で名高い十七世紀の文人サミュエル・ピープスや、エリザベス朝の魔術研究家として知られるジョン・ディー博士が所蔵していた写本のリストなども作っています。

ジェイムズの学問のもう一つの柱は、聖書外典《アポクリファ》の研究です。

聖書外典という言葉は少し曖昧で、宗派によって使い方が異なったりしますが、大まかに申しますと、わたしたちの知っている聖書（すなわち正典）が編纂された頃、ユダヤ・キリスト教の書物として伝わっていたけれども、正典に入れてもらえなかったものを言います。外典は旧約聖書にも新約聖書にもあり、詳しい区別をすると、さらに偽典《プセウデピグラファ》と呼ばれるものがありますが、今はその辺には触れないでおきましょう。

ジェイムズは新約聖書の外典を集めて翻訳と注釈を加えた『新約聖書外典』（一九二四）という本を書いていますが、その序文の中でこう言っています。

……これらは、それを書いた人間の想像や、希望や、恐れの記録である。初期の無学なキリスト教徒たちがどんな話を信じたか、何に関心を持ったか、何を称賛したか、この世でいかに振舞うことが理想だと思ったか、来世には何があると考えていたかを示している。また民間伝承や物語《ロマンス》としても貴重であり、中世の文学と美術の愛好者・研究家が扱う資料の無視できない部分の源を示し、多くの謎を解決してくれる。これらは実際、(それが持つ美点とはまったく不釣り合いに)大きく広範な影響を及ぼしたので、いやしくもキリスト教思想とキリスト教美術の歴史に関心のある者ならば、看過することは許されない。(筆者訳)

たとえば教会のステンド・グラスに描かれた絵ひとつとっても、そこに外典文学に登場する人物や逸話が描かれていた場合、現在の聖書しか知らない者には理解できないというわけです。

そのステンド・グラスのような中世の遺物に関する研究、いわゆるキリスト教考古学も、ジェイムズの十八番《おはこ》でした。彼は教会、学校など古い建築そのものや、ステンド・グラス、壁画、彫刻、綴《つづ》れ織り、瓦などについての記録や論考をおびただしく発表しました。また、こうした知識を基礎にして、一般向けの案内書『修道院さまざま』『サフォークとノーフォーク』も書きました。

ジェイムズは回想録『イートン校とキングズ学寮』(一九二六)の中で、こうした研究をどういう風に進めていったかをわかりやすく説明しています。

何よりもまず、彼には聖書外典への強い関心がありました。それはイートン校時代からで、その頃友人と一緒にコプト語の外典を訳し、ヴィクトリア女王に送りつけて、先生から大目玉を食らったという逸話があるほどです。また大学で特別研究員になるために書いた論文のテーマも、聖書外典です。

今まで誰も知らなかった外典を自分の手で見つけ出したい——そのために、出来るだけ多くの写本を見たいとジェイムズは思っていました。そこで写本のカタログ作りをやってみますと、その仕事に夢中になり、ついには中世のありとあらゆる写本を見たいとまで思うようになりました。そこで彼は大学など写本を所蔵する団体と交渉しました。おたくの写本を整理してカタログを作ってあげるから、そのかわりそれを出版してください、と持ちかけたのであります。

そういう作業をしているうちに、彼の知識はますます多方面に広がり、思いがけぬ副産物も生まれました。たとえば、ジェイムズの家はベリー・セント・エドマンズの近くにあったので、いわば御近所のよしみから、かつてそこの修道院が所蔵していた文献を調べていると、大昔の修道院長たちの墓の在処《ありか》を記した本が見つかりました。やがて、この資料をもとに発掘が行われ、果たして何人もの高僧の遺骨が出て来たのです。

ジェイムズの学問的業績は専門家の間で今も高く評価されていますが、彼の名を一般読書界に知らしめたのは、余技である怪談でした。

＊

彼は幼い頃からこわい話が好きで、エルクマン゠シャトリアンやシェリダン・レ・ファニュの小説を愛読しました。とくに好きだったレ・ファニュについては、その埋もれた作品を集めて、『マダム・クロウルの幽霊』という単行本を出しており、この作家の再評価に大きく貢献しています。自分も時々お化け話を書いては、毎年クリスマスになると、同僚や学生たちに読んで聞かせるのを楽しみにしていました。

しかし、彼には怪談を書いて原稿料を稼ごうとか、有名になろうとかいう考えはなかったのであります。今回訳した第一短篇集『好古家の怪談集』にしても、親友ジェイムズ・マクブライドの挿絵を世に出すことが出版の目的でした。彼は一言で言えば純粋なアマチュア作家でしたが、その作品が古典として今に読み継がれ、ジェイムズは「英国が生んだ最高の怪談作家」と呼ばれているのです。

ジェイムズの遺した怪談はそれほど多くはありません。『好古家の怪談集 Ghost Stories of an Antiquary』（一九〇四）、『続・好古家の怪談集 More Ghost Stories of an Antiquary』（一九一一）、『痩せこけた幽霊、その他の物語集 A Thin Ghost and Others』（一九一九）、『猟奇への戒め、その他の怪談集 A Warning to the Curious and Other Ghost Stories』（一九二五）の四冊の短篇集があり、これらに収められた作品はその後、一九三一年に『M・R・ジェイムズ怪談集成 The Collected Ghost Stories of M. R. James』として一巻にまとめられ、作者による新たな序文が付せられました。また同書には本書に収録した「私が書こうと思った話」など五篇が付け加えられました。

しかし、この『怪談集成』が出たあとも雑誌に発表した作品があり、未発表のまま残された草稿もあります。これらはジェイムズ研究家のローズマリー・パードウが編纂した『The Fenstanton Witch and Others』（一九九九）や Barbara & Christopher Roden 編『A Pleasing Terror』（二〇〇一）に入っています。

＊

本書をお読みくださった方は、ジェイムズの怪談の特徴を御自身でお感じになったかと思いますが、それについて一般に指摘されていることを少し申し上げましょう。

第一に、彼の作品はおおむね中世の大聖堂や僧院など、ゴシック趣味満点の舞台背景を持っています。主人公は作者その人の分身のように昔のことをよく知っている好古家で、恋愛だの実社会だのにはおよそ関心のなさそうな人間が多い。ゴシック趣味は十八世紀以来英国の怪談の伝統ですが、こういう浮世離れした人種を劇の主役にしたのは、ジェイムズの新趣向であります。

新味はまた彼が創り出した怪物にもあります。H・P・ラヴクラフトの言葉を借りれば——

それまでの型に嵌まった幽霊は、青ざめていて、大仰で、主として視覚にとらえられるものであったが、ジェイムズの幽霊はおおむね痩せており、小人のようで、毛むくじゃらの——獣と人間の中間のような、のろまでおぞましい夜の魔物であり——通常、見られる前に手で触られる——(『文学に於ける超自然の恐怖』より筆者訳)

さらに語り口が当時としては斬新だったことも忘れてはなりません。ジェイムズはV・H・コリンズが編んだ『幽霊と奇蹟』(一九二四)というアンソロジーに序文を寄せて、そこにこう書いています。

さて、それでは申し上げるが、怪談をこしらえるのにもっとも大切な二つの要素は、私の考えでは、雰囲気と巧みに作られたクレッシェンドである。もちろん、作者は物語を書き始める前に、作品の芯《しん》となる考えを持たねばならないだろう。それが持てたら、我々読者を静かなやり方で俳優たちに紹介してもらいたい。かれらが虫の知らせに心を乱されることもなく、周囲に満足して、日常の仕事にいそしむさまを見せてもらいたい。そして、この穏やかな環境の中に不気味なものが首をもたげ、初めのうちは控え目だが、やがてしつこくなって、しまいには舞台を占領するようにしてもらいたい。時には、自然な説明のための抜け穴を残しておくのも悪くないが、その抜け穴は狭くてあまり通行しやすくないようにした方が良いと思う。

（筆者訳）

ジェイムズがここに「クレッシェンド」と呼んだ技法を、評論『フィクションに於ける超自然』の著者ピーター・ペンゾルトは「ポインター氏の日録」という作品を例にとって、詳細に分析しています。

ペンゾルトは作者が怪しいものに言及する文章の長さと、怪異と怪異の合間の長さ、読者の反応、そして登場人物の反応を御丁寧にも表にまとめているのですが、それを見ると、ジェイムズはまず五ページ程の紙面を使って、怪しいことなどおくびにも出さない平穏な導入部を置いたあと、ポツリと一言、そのことに触れます。それから二ページはまた平凡な日常が続きますが、やがてポツポツと怪しい影がさして来ます。「さあ、これは何か出るぞ」と読者が期待しはじめたところに、さらに一ページの間を置いて、いきなりクライマックスへなだれ込みます。要するに、読み進むにつれて、怖いものに近づくスピードがぐんぐん上がってくるわけです。

「クレッシェンド」は音楽用語で音を次第に大きくすることを言いますが、このやり方はむしろ「アッチェレランド（次第に速く）」と形容した方が良いかもしれません。

このようにテンポが速く、鋭く切り込んで来る作風は、それまでのゆったりした、悪く言えば間延びした怪談に飽きていた読者に歓迎されて、多くの人々に影響を与えました。

まず初めに、〝ジェイムズ一派〟などと言われる一群の模倣者がいます。

たとえばE・G・スウェイン（一八六一～一九三八）はジェイムズの友人で同僚でもあり、クリスマスに彼の怪談を聞いた仲間の一人でした。『The Stoneground Ghost Tales』（一九一二）という短篇集を残しています。『Nine Ghosts』（一九四三）を書いたR・H・モールデン（一八七九～一九五一）は、イートン校とキングズ学寮で学んだジェイムズの後輩です。世代はずっと下りますが、『The Alabaster Hand and Other Ghost Stories』（一九四九）の作者A・N・L・マンビー（一九一三～一九七四）もキングズ学寮の後輩です。

かれらはみなアマチュアといって良い人たちですが、大物の怪奇作家たちもジェイムズの影響を受けました。

H・R・ウェイクフィールドはその筆頭で、シャープな語り口を評価され、ジェイムズの後継者などとも言われました。クトゥルー神話の創造者として名高いアメリカの巨匠H・P・ラヴクラフトも、明らかにジェイムズのある面を取り入れていますし、多かれ少なかれ影響を受けたと目される英米の作家は、E・F・ベンスン、W・F・ハーヴィー、フリッツ・ライバー、シャーリー・ジャクスン、キングズリー・エイミス等々枚挙に暇《いとま》がありません。

また彼の怪談は一九五〇年代から今日に至るまで、何度もラジオ放送され、映像化もされています。中にはドラキュラ役者のクリストファー・リーが朗読したBBCのテレビ番組などもあります。わたしが見た中で特に印象深かったのは、「『若者よ、口笛吹かばわれ行かん』」に基づくBBCのテレビドラマ（ジョナサン・ミラー脚色・一九六八年）で、白黒の暗い画面が原作の雰囲気をよく出していました。

＊

それでは、本書の収録作品それぞれについて、一言ずつ述べさせていただきましょう。

聖堂参事会員アルベリックの貼込帳《はりこみちょう》 Canon Alberic's Scrap-book

ジェイムズがキングズ学寮にいた頃、ケンブリッジ大学に「チットチャット・ソサエティ」というクラブがありました。『イートン校とキングズ学寮』によると、当時の会員は主にトリニティー学寮とキングズ学寮の学生で、土曜日の午後十時に集まり、軽い夜食をとって嗅ぎ煙草をまわし喫《の》みしながら、歓談に耽りました。毎回もてなし役が何か書いたものを読み、それについて議論することもあれば、しないこともありました。ジェイムズはクラブが消滅したあとも、みんなで使った煙草入れを持っていたそうです。

本篇は次の「消えた心臓」と共に、一八九三年十月、この「チットチャット・ソサエティ」の集まりで読んだものです。その後、「ナショナル・レヴュー」誌一八九五年三月号に掲載され、これを読んだアーサー・マッケンはジェイムズに手紙を出して、絶賛しました。

ジェイムズは若い頃何度もフランス旅行をして各地の大聖堂を訪れ、この物語の舞台となったサン・ベルトラン・ド・コマンジュへも行きました。

語り手は、デニストンが焼き捨てた呪われた絵を「聖書の情景」と言っていますが、作者は旧約聖書の偽典『ソロモンの遺言』を念頭に置いていただろうと研究者たちは指摘しています。

この『ソロモンの遺言』というのは、三世紀頃にギリシア語で書かれた書物で、賢者として名高いソロモン王が魔法の指輪の力でさまざまな悪魔を呼び出し、エルサレムの神殿を建設させるという物語です。といっても、話の展開よりも、悪魔それぞれの性質や弱点を列記することを眼目とした魔術書で、のちの多くの魔術書の先駆けとなりました。

ジェイムズは一八九九年にこの偽典に関するエッセイを書き、当時通行していたテキストは良くないから、誰か校訂版を作ってくれないかと述べました。後年、シカゴ大学のマカウン博士が校訂版を出版した際、ジェイムズは書評を書いて褒めています。

彼はまた『旧約聖書伝説集』という本の一章を割《さ》いて、子供向けにこの物語を語り直していますから、よくよく『ソロモンの遺言』が好きだったのでしょう。けれども、蜘蛛のお化けのような魔物は同書には見あたらず、ジェイムズの創作のようです。

**消えた心臓 Lost Hearts**

初出は「ペル・メル・マガジン」一八九五年十二月号。好古家ならぬ妖術師の物語です。

作中に鼠が人語をしゃべる云々のことが出て来ますが、ジェイムズはディケンズの『無商旅人 The Uncommercial Traveller』（一八六〇）の第十五章「乳母の物語」に出て来る話を念頭に置いているようです。

それはどんな話かというと——船渠《ドック》で働くチップスという船大工がいる。この男の父も祖父も曽祖父も悪魔に魂を売って、その代わり、釘や銅と口を利く鼠をもらう。チップスも悪魔に鼠を押しつけられるが、いやなので鼠を殺そうとする。ところが、鼠は彼に取り憑いて離れず、ついに彼の乗った船を沈めて殺してしまう、といった内容です。

ジェイムズがディケンズを愛読していたことは、『若者よ、口笛吹かばわれ行かん』を見てもわかるでしょう。

銅版画 The Mezzotint

前に述べた通り、ジェイムズはフィッツウィリアム博物館の館長をつとめ、多くの貴重な絵や写本を購入しました。

本篇はその経験を生かした作品ですが、舞台はケンブリッジではなく、あからさまには書いていないけれども、ライヴァルのオックスフォード大学で、それは最後に問題の版画が「アシュレイアン博物館」に収められるというくだりからもわかります。というのも、この架空の博物館の名前は、オックスフォードにあるアシュモリアン博物館のもじりですから。

秦皮《とねりこ》の木 The Ash-Tree

「恐ろしい蜘蛛のことはほかの人も書いている——たとえば、エルクマン゠シャトリアンには『蟹蜘蛛』という優れた小説がある」

ジェイムズは『怪談集成』に付した序文にこう書いていますが、たしかに蜘蛛の怪談は西洋に色々あり、ドイツのエーヴェルスが書いた「蜘蛛」なども傑作です。本篇も相当に気味悪い話だと思います。

ジェイムズは病的に蜘蛛が嫌いでした。フランスのヴェルダンを旅した時、友人のマクブライドが風呂場にいた大きな蜘蛛の脚を手づかみにするのを見て、大したものだと尊敬したそうです。

十三号室 Number 13

ジェイムズは一八九九年から翌年、翌々年と続けて北欧を旅行しました。デンマークを舞台にした本篇とスウェーデンを舞台にした「マグヌス伯爵」はその産物であります。

『怪談集成』に付した序文の中で、ジェイムズはこの短篇を一八九九年に書いたと語っていますが、ヴィボーに初めて行ったのは一九〇〇年だから、これは記憶違いだろうと研究者は指摘しています。

マグヌス伯爵 Count Magnus

しばしばアンソロジーに採られる本篇は、御覧のように「黒い巡礼」をキーワードとしています。

キリスト教徒の聖地巡礼にはさまざまな種類がありますが、とりわけ重要なのは、イエス・キリストの生地ベツレヘムや受難の地エルサレムへの巡礼でした。「黒い巡礼」はその悪魔版で、「黒ミサ」が神様でなく悪魔を拝むように、キリストならぬ反キリストの故地を訪ねるというわけです。

「反キリスト」は、新約聖書の「ヨハネの手紙」一、二や「テサロニケ人への手紙」二に預言されたキリストの敵対者ですが、この考えはのちにさまざまな伝説や俗信を生み、ジェイムズはそうしたものも研究していました。

なお、「Count Magnus」は従来「マグナス伯爵」と英語読みの表記が用いられ、筆者もそれに従って来ましたが、スウェーデン人の名前ですので、今回はスウェーデン語の発音に近いと思われる「マグヌス伯爵」に改めました。

「若者よ、口笛吹かばわれ行かん」'Oh, Whistle, and I'll Come to You, My Lad'

ジェイムズの一家は彼が幼い頃から長年にわたって、サフォークの村グレート・リヴァーミアの牧師館に住んでいました。彼はサフォークを舞台にした怪談をいくつか書いていますが、本篇もその一つで、浸食が進む海岸地方の蕭条《しょうじょう》とした風景を舞台に、一読忘れ難い悪夢を繰り広げています。

本篇をよりいっそう楽しんでいただくために、二つのことを申し上げておきましょう。

第一は、主人公パーキンズが拾った笛に刻んである文字のことです。これはまさに判じ物で、読者のみなさんも色々お考えになったでしょうが、諸家の研究によると、二つの解釈が可能なようです。

一つの解釈では、これを「fur, flabis, flebis」と読みます。ラテン語で、訳せば「盗人よ、汝は吹くであろう、泣くであろう」となります。

もう一つの解釈では、「flabis, flebis, furbis」と読みます。訳せば「汝は吹くであろう、泣くであろう、狂うであろう」。

いずれも「bis」をラテン語の動詞の二人称単数未来形の活用語尾とみなして、他の部分とつなげる点がミソです。「bis」は独立したラテン語の単語なら「二度」の意味になりますが、それではどうも他の部分が生きて来ません。

もう一つ、知っていると面白いことは、この短篇の題名がロバート・バーンズの詩の一節であることです。その冒頭の四行は次の如し——

O whistle, and I'll come to ye, my lad,
O whistle, and I'll come to ye, my lad;
Tho' father, and mother, and a' should gae mad,
Thy Jeanie will venture wi' ye, my lad.

これは若い娘が恋人に語りかける言葉で、おおむねこんな意味でありましょう。
ねえ、口笛を吹いてね、そしたらあなたのところへ行くわ、
ねえ、口笛を吹いてね、そしたらあなたのところへ行くわ、
たとえ父さんや母さんや、みんながカンカンに怒っても、
あなたのジニーは思いきってあなたについてくわ。
やれやれ、(口)笛を吹くとやって来るのが可愛い女の子なら良いけれども、シーツのお化けとは——ジェイムズも随分皮肉な題名をつけたものですね。

## トマス修道院長の宝 The Treasure of Abbot Thomas

本篇の初出は単行本『好古家の怪談集』ですが、『怪談集成』の序文に於いて、ジェイムズはこれを一九〇四年の夏に書いたと述べています。前にも申し上げた通り、古建築の研究家でもあったジェイムズはステンド・グラスに関する記録や論考を残しています。本篇に登場するシュタインフェルトは実在の土地で、そこの教会のステンド・グラスがイギリス、ハーフォードシャーのアシュリッジ・パークにある礼拝堂に使われていました。ジェイムズはそれについて、「アシュリッジ礼拝堂のガラスに関する覚書」(一九〇六)という小冊子を作りましたが、かたやこういうミステリー風の話を考えていたわけです。

本篇を読んだ方の中には、途中で「うん?」と首をひねった方もいらっしゃるかもしれません。

というのは、井戸の中の石に刻んだ七つの眼のしるしですが、縦に四つ、横に三つの眼が十字に並んでいるとすると、普通に考えれば眼の総数は七つでなく六つではないでしょうか。いや、七つで良いのだという考えもあり、この点についてはジェイムズ研究家のパトリック・J・マーフィーが『M・R・ジェイムズの中世研究と怪談

Medieval Studies and the Ghost Stories of M. R. James』という本の中で詳しく論じていますから、興味がおありの向きはそちらを御参照ください。

---

私が書こうと思った話 Stories I Have Tried to Write

『好古家の怪談集』の内容は「トマス修道院長の宝」までで、本篇はオマケにつけたものです。これは「試金石《タッチストーン》」というイートン校の雑誌の第二号（一九二九年十一月三十日）に載り、『M・R・ジェイムズ怪談集成』に収められました。

ジェイムズが「べつの誰かのために」と言ってここに書き留めたアイデアの多くは、その後シーラ・ホジソン、デイヴィッド・G・ロウランズらによって作品化されています。

ちなみに、本篇には「試作のこと」と題した平井呈一の翻訳があります。往年の同人誌「THE HORROR」に載せたじつに軽妙な翻訳で、最近出た『幽霊島　平井呈一怪談翻訳集成』（創元推理文庫）に入っています。

＊

最後に翻訳のテキストについて申し上げます。

訳者は最初アーノルド社から出た初版本をそのまま訳そうと思ったのですが、ジェイムズ自ら手を加えた『怪談集成』のテキストの方が明らかに良い箇所があります。たとえば、「マグヌス伯爵」の初版で、「霊廟」とすべきところをうっかり「教会」と書いてしまった間違いを訂正したりしているので、底本には後者を用い（「私が書こうと思った話」も）序文だけは初版のものを掲げて、処女単行本の趣を伝えるようにしました。

翻訳に際しては、ローズマリー・パードウが立ち上げた「Ghosts & Scholars」というインターネット上のサイトに載っている研究や情報、マイケル・コックス編『Casting the Runes and Other Ghost Stories』の註、ペンギン・クラシックス版の二巻本『The Complete Ghost Stories of M.R. James』に付したS・T・ヨシの註などに多大な便宜を受けました。また創元推理文庫の紀田順一郎訳『M・R・ジェイムズ怪談全集』

をはじめ、平井呈一、伊藤欣二、各務三郎、小倉多加志、樋口志津子といった方々の既訳を参照させていただきました。

それから、これは紙の本として出版されておりませんが、広島出身の小説家畑耕一《はたこういち》（一八八六〜一九五七）が晩年ジェイムズをいくつも翻訳しており、その草稿や翻刻を広島市立図書館のサイトで見ることができます。本書に収められている「秦皮の木」「十三号室」の訳も入っておりますから、これも参考にいたしました。

最後に、光文社翻訳編集部の皆様には、いつもながら温かい御協力を賜わりました。ここに御礼を申し上げます。

（文中敬称略）

# M・R・ジェイムズ年譜

ジェイムズには写本のカタログをはじめ学者としての数多くの著作があるが、この年譜ではほぼ省略した。

一八六二年

八月一日、ケント州の村グッドネストーンの牧師館に生まれる。

一八七三年　一一歳

テンプル・グローヴ・スクールの寄宿生となる。

一八七六年　一四歳

イートン校に入学。

一八八二年　二〇歳

ケンブリッジ大学キングズ学寮に入学。

一八八七年　二五歳

キングズ学寮の特別研究員となる。

一八九三年　三一歳

ケンブリッジ大学フィッツウィリアム博物館の館長となる（一九〇八年まで）。

一九〇四年　四二歳

『好古家の怪談集』短篇集。

一九〇五年　四三歳

キングズ学寮の学寮長になる（一九一八年まで）。

一九一一年　四九歳

『続・好古家の怪談集』短篇集。

一九一三年　五一歳

ケンブリッジ大学副総長になる（一九一五年まで）。

一九一八年　五六歳
イートン校の校長になる（一九三六年まで）。

一九一九年　五七歳
『痩せこけた幽霊、その他の物語集』短篇集。

一九二二年　六〇歳
『五つの壺』長篇ファンタジー。

一九二三年　六一歳
シェリダン・レ・ファニュの作品集『マダム・クロウルの幽霊』を編集し、出版。

一九二四年　六二歳
『新約聖書外典』研究書。

一九二五年　六三歳
『猟奇への戒め、その他の怪談集』短篇集。

一九二六年　六四歳
『修道院さまざま』案内書。『イートン校とキングズ学寮』回想録。

一九三〇年　六八歳
『サフォークとノーフォーク』案内書。『ハンス・クリスチャン・アンデルセンの四十の物語』翻訳。メリット勲章を授かる。

一九三一年　六九歳
『M・R・ジェイムズ怪談集成』

一九三六年　七三歳
六月十二日没。

# 訳者あとがき

わたしがまだ中学生の時、夏休みにいとこ二人と、千葉の館山にいる親戚の家へ一週間ほど泊まりに行きました。

いとこはわたしより二つ年下の女の子と、その弟でした。

上の子は「マーガレット」という少女漫画誌を毎号読んでいて、その時も、近所の雑貨屋のようなところで「マーガレット」を買い、わたしにも見せてくれました。

それまでわたしは少女漫画に対して、つまらないものだという偏見を持っていたのですが、実際に読んでみると、案外面白い。とくに、その号には木原敏江の「銀河荘なの！」という連載漫画が載っていて、それが吸血鬼物で素敵なのです。わたしは続きが読みたくてたまらず、東京へ帰ってからも「マーガレット」を買い続けました。これをきっかけに――そしていとこにあれこれと教わって――「ポーの一族」などを知り、少女漫画が大好きになったのです。

さて、その頃、「マーガレット」のいわばライヴァル誌だった「少女コミック」に、三回の連載で「M・R・ジェイムズ劇場」と銘打つ怪奇漫画が載りました。

漫画家の名前は憶えておりませんが、はっきりいって、あまり秀作とは言えなかったと思います。しかし、M・R・ジェイムズの名前が出てきだけで、わたしは感動してしまいました。ちょうどその頃、創土社から出た『M・R・ジェイムズ全集』を買って、読んだばかりだったからです。

上下二巻本のあの全集を家で大事に少しずつ読み進んだ時の嬉しさと興奮は、今も忘れません。少年のわたしには随分贅沢に思われた箱入りの本に、「銅版画」や「十三号室」のようなこわい話が満載されているのです。そこにはヨーロッパの古い建物、黴《かび》くさい古文書《こもんじょ》、暗闇の怪物——そういう独特の世界が紀田順一郎氏の硬質な、味わいの深い文体で語られていて、怪談をあれほど楽しく読んだことは後にも先にもありません。

そのなつかしい紀田訳があるのに、今回『好古家の怪談集』を自分で訳してみたのは、一つには原作をゆっくり読み直して、出来るものなら、昔のワクワクする気持ちをもう一度体験したかったからです。

さて、実際に読んでみると、この作家の語り口から受ける印象が昔と少し異なっていましたが、楽しい時を過ごしたことに変わりはありませんでした。

本書の読者のみなさんにも、M・R・ジェイムズのお化け話の魅力をいささかなりとお伝えすることが出来れば、幸いです。

二〇二〇年冬

訳者しるす

光文社古典新訳文庫

# 消《き》えた心臓《しんぞう》／マグヌス伯爵《はくしゃく》


著者 M・R・ジェイムズ
訳者 南條《なんじょう》竹則《たけのり》

2020年6月20日 初版第1刷発行

発行者 田邉浩司
印刷 萩原印刷
製本 ナショナル製本

発行所 株式会社光文社
〒112-8011東京都文京区音羽1-16-6
電話 03（5395）8162（編集部）
03（5395）8116（書籍販売部）
03（5395）8125（業務部）
www.kobunsha.com




ISBN978-4-334-75427-3 Printed in Japan

## いま、息をしている言葉で、もういちど古典を

長い年月をかけて世界中で読み継がれてきたのが古典です。奥の深い味わいある作品ばかりがそろっており、この「古典の森」に分け入ることは人生のもっとも大きな喜びであることに異論のある人はいないはずです。しかしながら、こんなに豊饒で魅力に満ちた古典を、なぜわたしたちはこれほどまで疎んじてきたのでしょうか。

ひとつには古臭い教養主義からの逃走だったのかもしれません。真面目に文学や思想を論じることは、ある種の権威化であるという思いから、その呪縛から逃れるために、教養そのものを否定しすぎてしまったのではないでしょうか。

いま、時代は大きな転換期を迎えています。まれに見るスピードで歴史が動いていくのを多くの人々が実感していると思います。

こんな時わたしたちを支え、導いてくれるものが古典なのです。「いま、息をしている言葉で」――光文社の古典新訳文庫は、さまよえる現代人の心の奥底まで届くような言葉で、古典を現代に蘇らせることを意図して創刊されました。気取らず、自由に、心の赴くままに、気軽に手に取って楽しめる古典作品を、新訳という光のもとに読者に届けていくこと。それがこの文庫の使命だとわたしたちは考えています。

このシリーズについてのご意見、ご感想、ご要望をハガキ、手紙、メール等で翻訳編集部までお寄せください。今後の企画の参考にさせていただきます。
メール　info@kotensinyaku.jp